呆萌只是我的假象
— 汪星人的诗 —

[美]弗朗西斯科·马修利亚诺 著　黄瑶 译

I Could Chew on This:
and other poems by dogs

中信出版集团 CHINACITICPRESS·北京

图书在版编目（CIP）数据

呆萌只是我的假象：汪星人的诗 /（美）弗朗西斯科·马修利亚诺著；黄瑶译. -- 北京：中信出版社，2016.9
书名原文：I could chew on this And other poems by dogs
ISBN 978-7-5086-6636-5

Ⅰ. ①呆… Ⅱ. ①弗… ②黄… Ⅲ. ①诗集-美国-现代 Ⅳ. ①I712.25

中国版本图书馆 CIP 数据核字 (2016) 第 198202 号

I COULD CHEW ON THIS: AND OTHER POEMS BY DOGS by Francesco Marciuliano
Copyright: © 2016 by Francesco Marciuliano
This edition arranged with Mendel Media Group LLC of New York
through BIG APPLE AGENCY, INC., LABUAN, MALAYSIA.
Simplified Chinese edition copyright © 2016 CITIC Press Corporation
All rights reserved.
本书仅限中国大陆地区发行销售

呆萌只是我的假象：汪星人的诗

著　者：[美] 弗朗西斯科·马修利亚诺
译　者：黄瑶
策划推广：中信出版社（China CITIC Press）
出版发行：中信出版集团股份有限公司
　　　　　（北京市朝阳区惠新东街甲 4 号富盛大厦 2 座　邮编　100029）
　　　　　（CITIC Publishing Group）
承　印　者：北京华联印刷有限公司

开　本：787mm×1092mm　1/32　　印　张：3.5　　字　数：8 千字
版　次：2016 年 9 月第 1 版　　　　印　次：2016 年 9 月第 1 次印刷
京权图字：01-2016-6876　　　　　　广告经营许可证：京朝工商广字第 8087 号
书　号：ISBN 978-7-5086-6636-5
定　价：38.00 元

版权所有·侵权必究
凡购本社图书，如有缺页、倒页、脱页，由销售部门负责退换。
服务热线：400-600-8099
投稿邮箱：author@citicpub.com

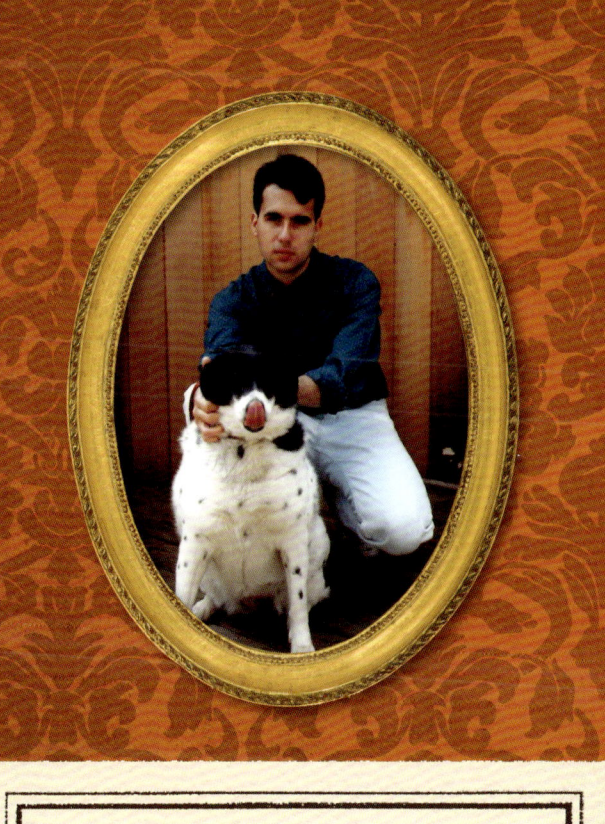

献予带给我们宝贵记忆的潘达

一个家庭所能拥有的最可爱、最忠诚

也许在诗歌方面最具天赋的狗

（我们喜欢这样想）

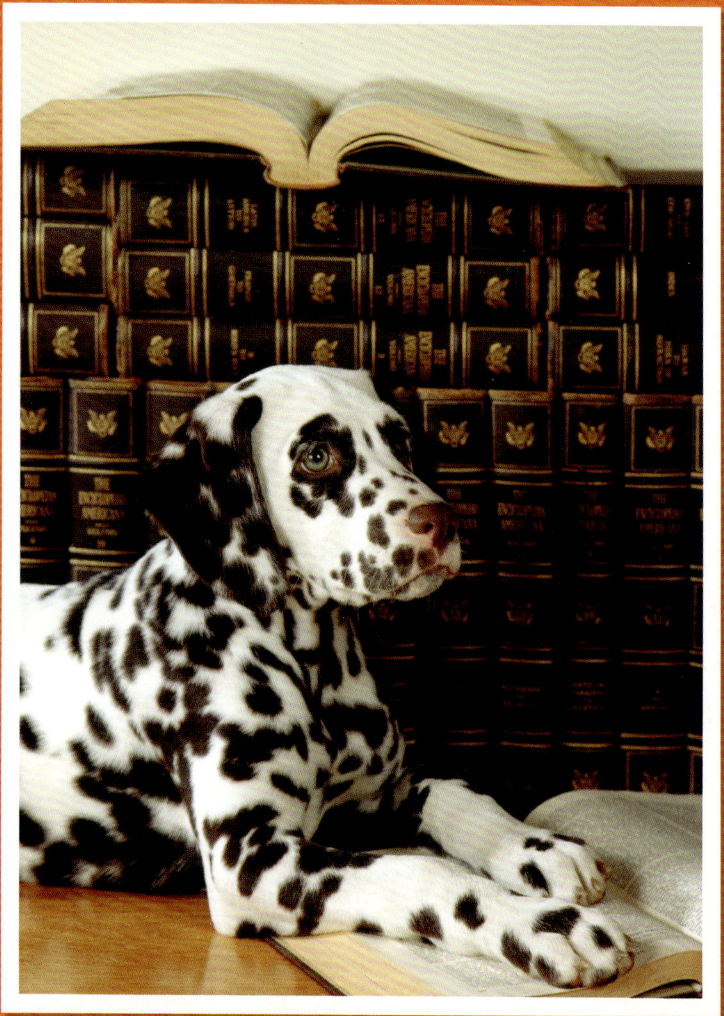

目录

序言 6

第一章：家里 9

第二章：室外 37

第三章：伴你左右 63

第四章：沉思 85

致谢 110

序言

狗狗从不会羞于表达自己的感情。开心时，它们会摇动自己的尾巴。紧张时，它们也会摇动自己的尾巴。感到无聊时，它们还是会摇动自己的尾巴——缓慢而又沮丧，如同一台寂寞的钢琴——仿佛自己的灵魂正如被它们风卷残云般吃完食物后的食盆一样空虚，眼看就要扑向一个充满了不确定性、装满了比萨卷的垃圾袋。

不过，尽管狗狗总是格外坦率（尤其是在被迫穿上斗篷时），我们却永远无法得知它们真正在想些什么。直到现在仍是如此。多亏了一个史无前例（但未被认证）的写作方案，让四面八方的狗狗得以借由诗歌的力量展示自己真正的内心世界。从丰富的室内生活经验到充足的室外生存智慧，从与主人间牢不可破的联系到每每被放进手提包里时的心碎，狗狗的诗句揭示了它们为什么一直在闻来闻去，不断在奔跑，永远都眼巴巴地凝视着你、直到你内心崩溃，更揭示了你从不知道自己其实了解的"国家机密"。

其实狗狗一直都在试图帮助你。它们想让你知道它们在沉思什么、在渴望什么，以及你该如何处理刚刚为它们买回来的雨靴。所以，读读它们的诗吧，从它们的角度看看这个世界。也许下一次看到自己毛茸茸的伙伴把脖子深深地埋进垃圾里时，你会温柔地爱抚着它的头说："我现在明白了。我明白了。但没有人能在三磅化了一半的比萨卷底下找到他们要找的东西。相信我，我都知道。"

From the doghouse of...

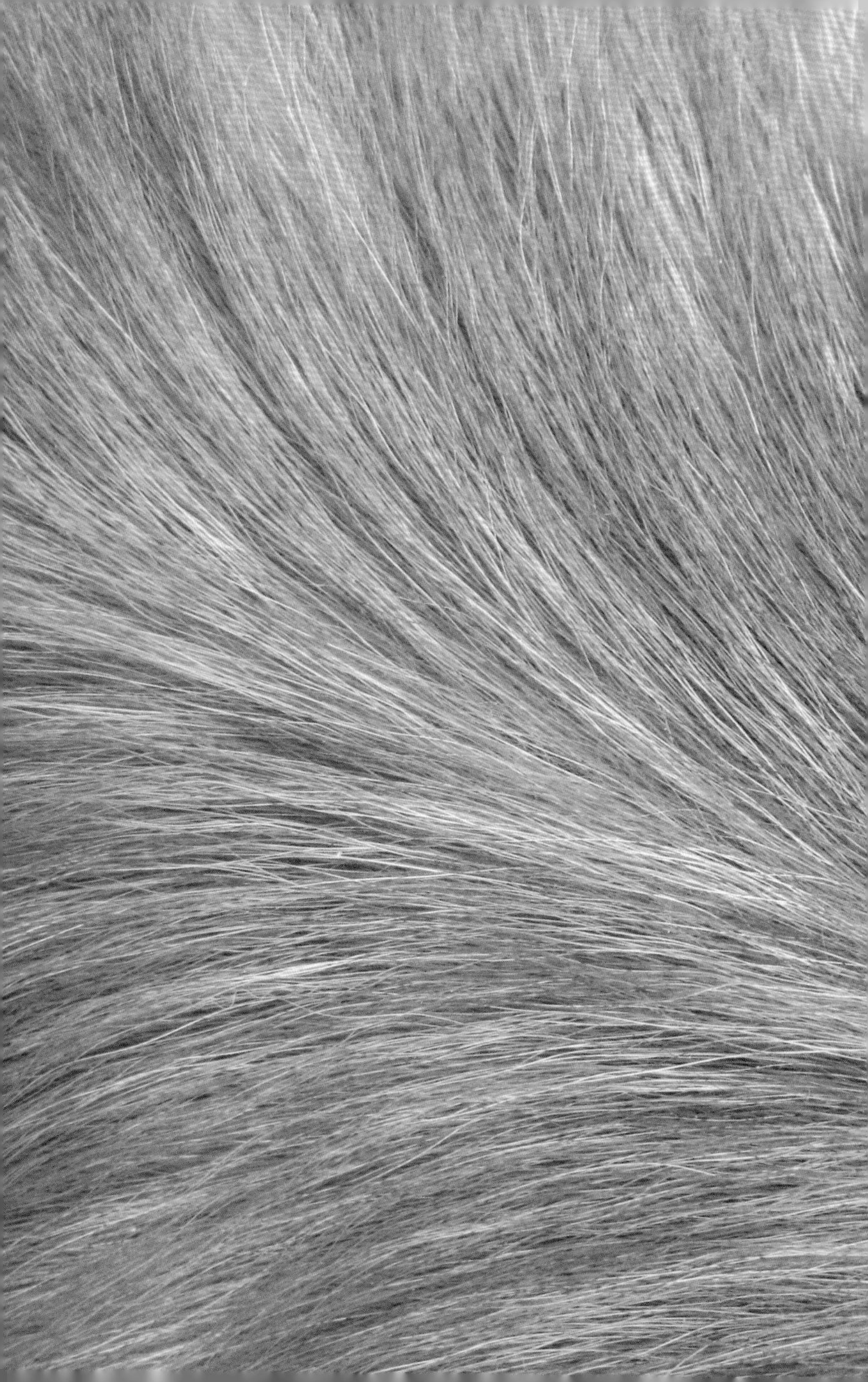

第一章

①

家里

"我们曾经是狼

狂野而又机警

结果我们发现

你们的家里有种东西叫作沙发"

——《狗狗声明》

你离开家时，我失去了理智

盆栽被踩蹋了

垃圾被碰翻了

电线被嚼碎了

你的沙发和我大打出手

你的床铺已经湿透

你的酒也洒了出来

你的电视摔得粉碎

你的笔记本电脑再也没有任何元音按键

面包机里卡着一台电子书

马桶里漂着一台面包机

门厅里躺着一个马桶

我的嘴里叼着内裤

我去了自己永远不该去的地方

我看到了自己永远不该被看到的一面

我对猫咪说了自己永远也收不回来的话

所以请你再也不要离开我了，好吗？

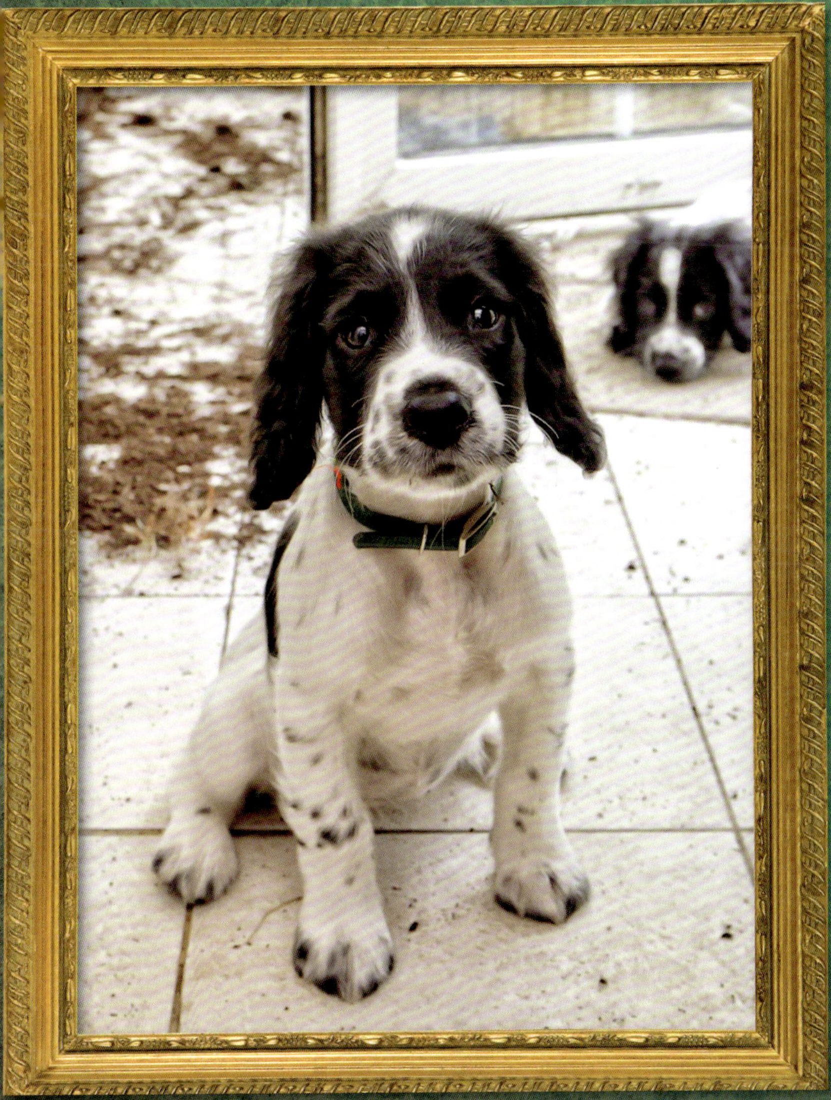

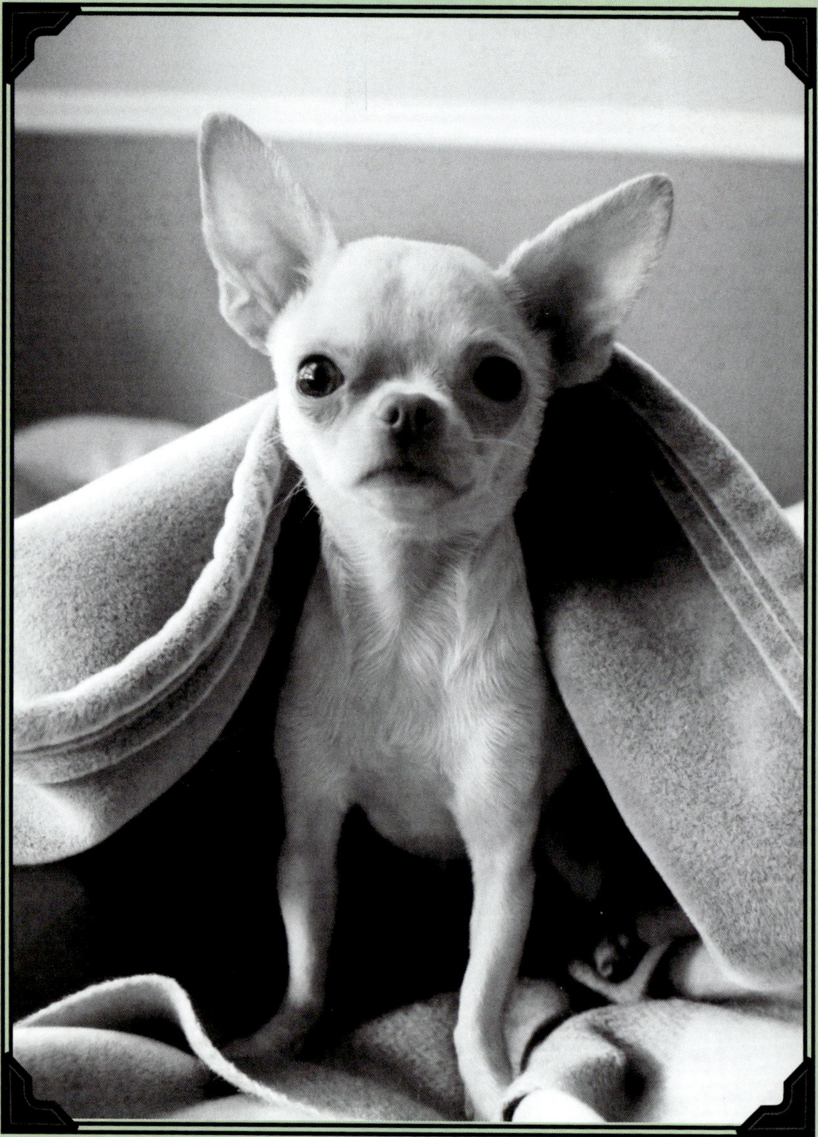

我一直都在看

也许你应该转向你的左边
也许你应该挪一挪你的膝盖
也许你应该稍微放慢速度
也许你应该多多停留一会儿
也许你这次应该试着开口
也许你永远不该再说这话
也许你应该玩玩梳妆打扮
也许你不知如何扮演一个海盗
也许你不想听我的建议
也许这是错的时间、错的地点
但我在过去的六年中
每晚都在看着你们两个
所以也许我对爱爱
多少有些了解

电视里

无论何时
我听到电视里有狗在叫
都会叫啊，叫啊，叫啊
但是电视里的狗
从来不会回应我
也许是因为许多名人
真的都很高傲

囤积

哦！遥控器！我要了！

哦！海绵！我要了！

哦！衬衫！我要了！

哦！塑料瓶！我要了！

哦！U盘！我要了！

哦！地毯垫！给我来点儿！

哦！内裤！它们现在在我的嘴里！

哦！这个东西！可以被塞到床下！

你可能觉得，囤积是一种病

你可能觉得，我需要帮助

但我更愿意把它看作

一种循序渐进的掠劫

所以，交出你左脚上的那只拖鞋吧

欢乐之舞

. . . .

这就是我为你跳的舞，为你跳的舞

这就是我为你跳的舞

当你拿出我的狗罐头

这就是我为你转的圈，为你转的圈

这就是我为你转的圈

当你打开我的狗罐头

这就是我在为你跳跃，为你跳跃

为你跳到八英尺[①]高

当你接起电话

停止喂我东西

我抓狂了

野蛮地奔跑起来

绝望地喘着粗气

盲目地满心惶恐

可你还在继续打着电话

这就是我失去（脏话）理智、

---

① 1英尺=0.3048米

失去（脏话）大脑、失去（脏话）冷静的时候

我好奇到底是什么（脏话）

能够如此（脏话）重要

以至于你还没有挂断（脏话）电话

我意识到自己正在大声地

真的非常大声地号叫

也许我的反应

有点儿过分

但我终于吃上了

你总是会给我东西吃，永远都会

去哪儿？

我知道这个套路

折好的衣服

小瓶的化妆品

带有轮子、拉杆和拉链的包包

我知道接下来会怎么样

短途旅行

长途旅行

离开我的日子

我知道除了告别的舔舔

和最后的抱怨

没有别的办法

最后一刻,我把你所有的证件都埋了起来

如我所说,我知道这个套路

这一次,达美航空的航班是不会等你的

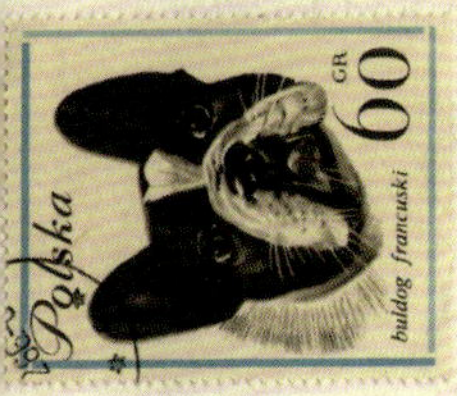
Polska
GR
60
buldog francuski

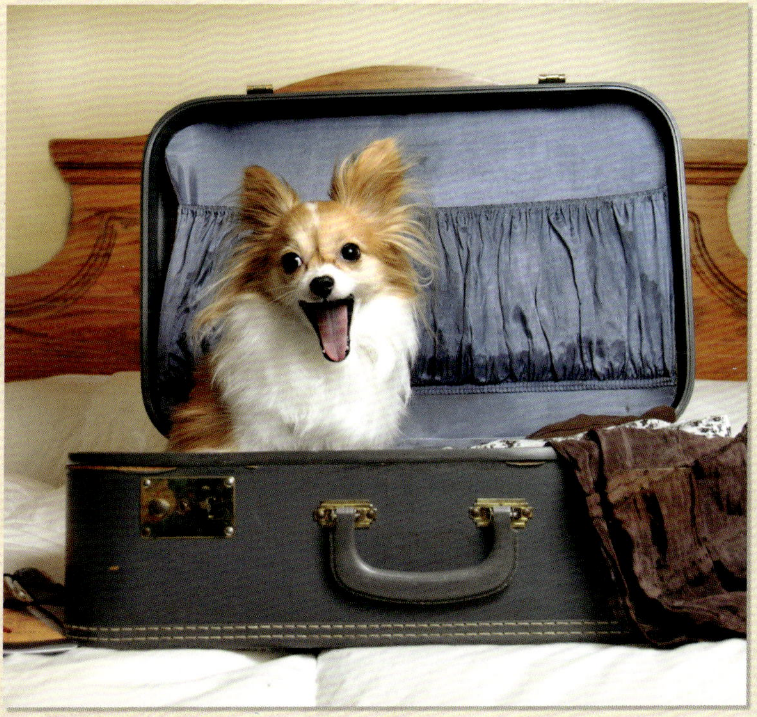

诡计

鼻子一拱

手一松

片刻工夫就能大功告成

食物坠落的一瞬间

我正好出现在你身边

又一个任务完成了

如同暗夜中的间谍

战场上的特工

作为信使我们不能被抓

出了什么差错?

我咯出了一块骨头

还有十二片肉

还有我想都没想就咽下去的餐巾

我痛失了资源

毁掉了网络

哎呀呀

今晚再也没有剩饭可以吃了

自助餐

OK
好吧
等等
就等一秒
好了
我成功消化掉了
一块脏兮兮的尿布
真的,你们人类扔掉的垃圾
已经堆到与我的鼻子齐平
不过,嘿
我总是愿意接受挑战

似乎什么都不管用

我用上了我的牙齿

我尝试了我的爪爪

我呜咽哭诉了半天

我绕呀绕着圈圈

可似乎什么都不管用

然后,你手腕轻轻一扭

就转动了门把手

那时我才终于明白

你是一个巫师

From the doghouse of...

无聊

我好无聊

非常无聊

孤孤单单

被困在这座房子里

房子

房子

房子

房子

房子

这就是为什么

我会把头塞进这个罐子里

凡事都有后果

好了,有没有人带了凡士林?

你在哪里？

我好担心

我好害怕

我以为我失去了你

还有我们一起分享的生活

我把整个房子搜查了一遍

从地下室到阁楼

再到客厅、餐厅和卧室

就连垃圾桶也不放过，因为我是那么的狂躁

在楼梯上下奔跑

在走廊来回疾驰

呼号声越来越大

我放弃了所有希望

我丧失了所有信心

我还把这个坏消息告诉了宠物猫猫

它看了我一眼，舔了舔它的毛

可就在一切似乎已经消失时，我找到了你

看到你坐在那里吓了一跳，却生龙活虎

我兴奋起来

所以，如果你不介意

我要在这里坐下，直到你冲完马桶

Season's Barkings!

FROM OUR LITTER TO YOURS

节日贺卡

两件小小的毛衣
两个大大的微笑
两只幸福的宠物
在一起时
是多么的可爱
可刚一照完相片
猫咪就扇了我的脸
我们阖家欢乐的年度谎言
就这样被邮寄了出去

洗澡

洗澡!

我在洗澡!

嘿!我正在洗澡!

我正在洗一个涂满肥皂

充满泡泡

哦,全都是沫沫的

舒舒服服的澡!

只是觉得你应该知道

我正在洗澡!

现在我要甩起来啦

现在这感觉太棒啦

现在请原谅我

我真的应该奔回楼上

洗完我的澡

洗澡!

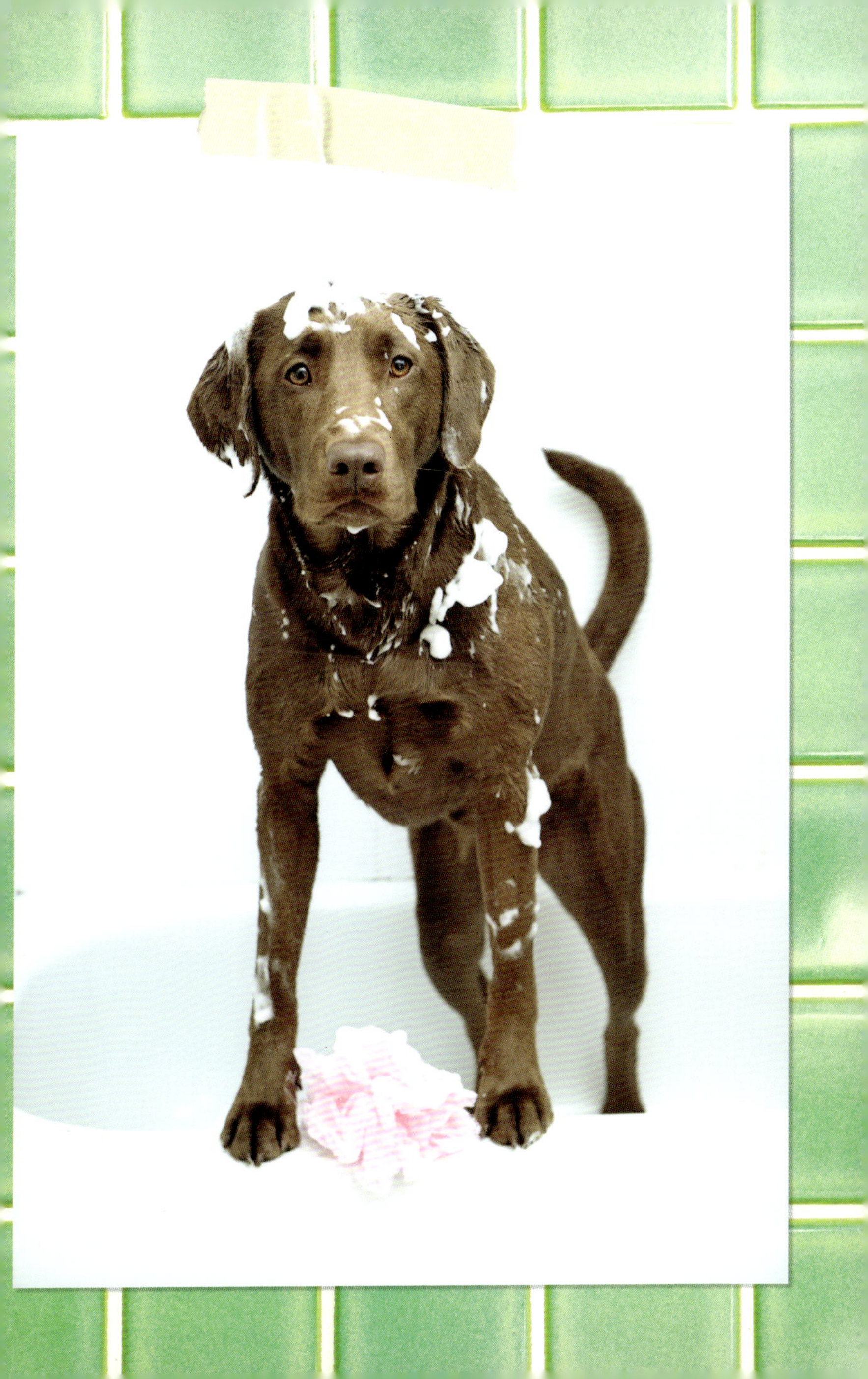

本能的判断

我不知道该做些什么
我不知道该去向哪里
我不想犯错
我只想听话
但我知道它们在等待
我也想要成功
所以我在报纸上选了个地儿
只为了在文艺版上撒泡尿
现在所有人都认为
我是个不解风情的俗人

门铃!

门铃响了!

有人按响了门铃!

门边有人!

我能听到,他们就在门边!

我等不及了,想要看看谁在门边!

哦,求你了,让我看看谁在门边!

你为什么要把我带走

远离大门?!

我为什么会被关在这个房间里

远离大门?!

哦,按响门铃的神奇而又神秘的人!

总有一天我们会见面的!

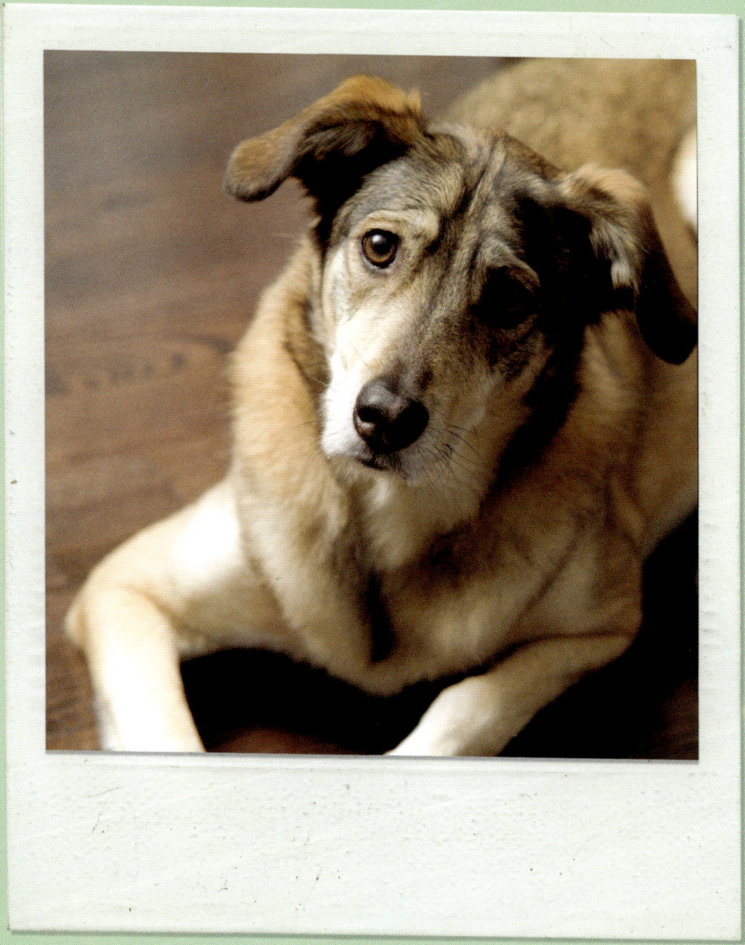

同情

我不期待

任何同情

我不要求

任何怜惜

我不寻求

任何慰问

我不指望

任何悲痛

但你准备在派对上享用的

那块硕大的烤肉

被我吃掉之后

还在我的肚子里翻腾

所以也许我盼望的

是一点点的感激

感激我让你免遭这般痛苦

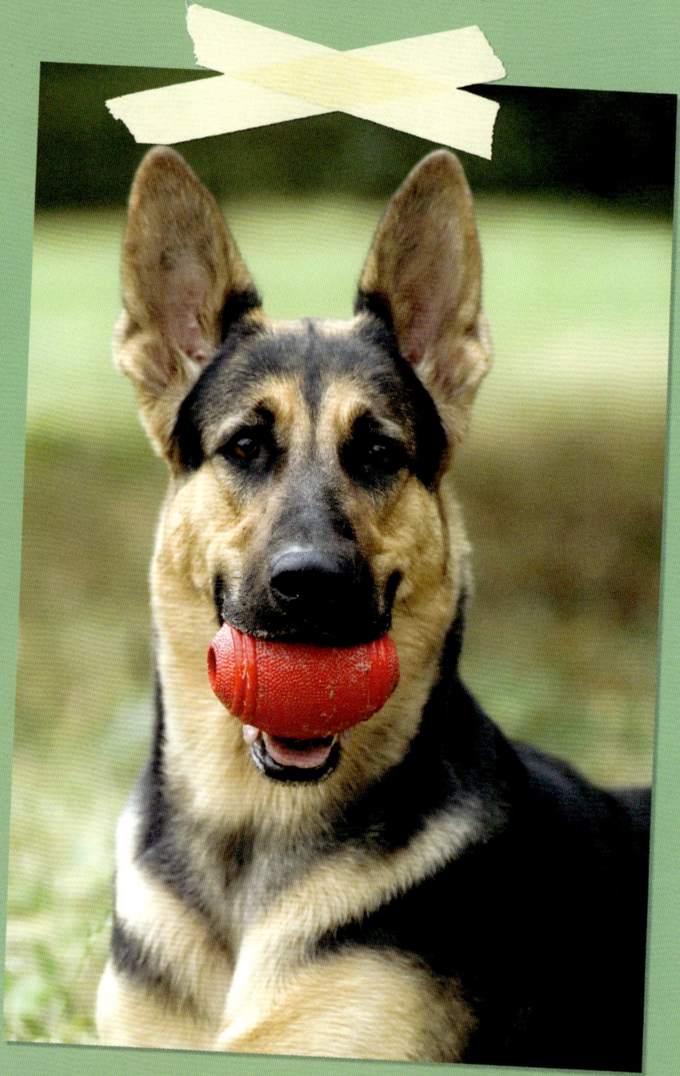

我丢了颗球

我丢了颗球在你的大腿上
该和我一起玩了
我刚刚丢了颗球在你的大腿上
所以你该和我一起玩了
看到我丢在你大腿上的那颗球了吗?
那意味着你该和我一起玩了
你的紧急阑尾切除术
可以改天再做
但我丢了颗球在你的大腿上
所以现在该和我一起玩了

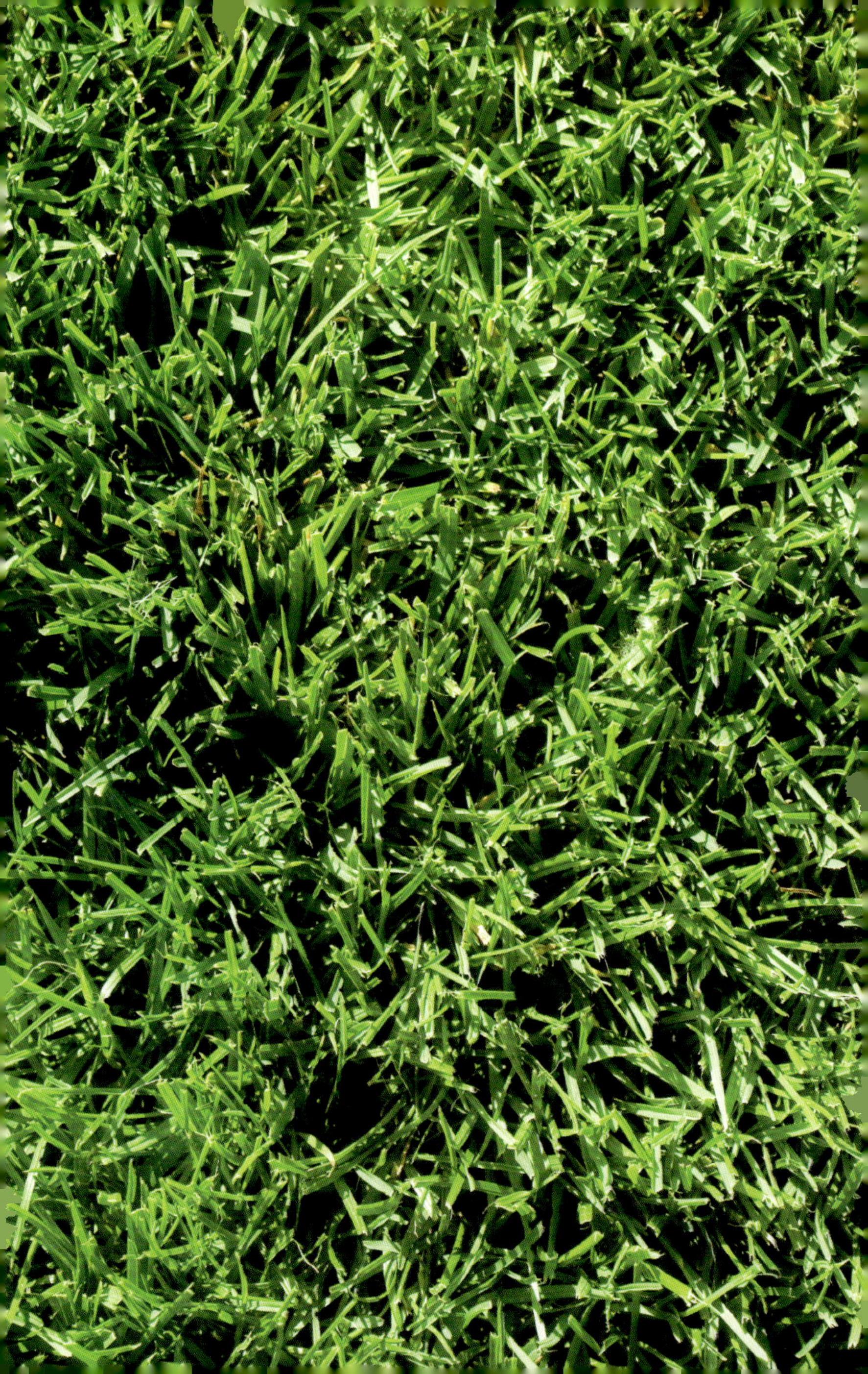

第二章

②

室外

"最好别问
'这是什么?'
先在里面
打个滚儿再说"
——《狗狗箴言》

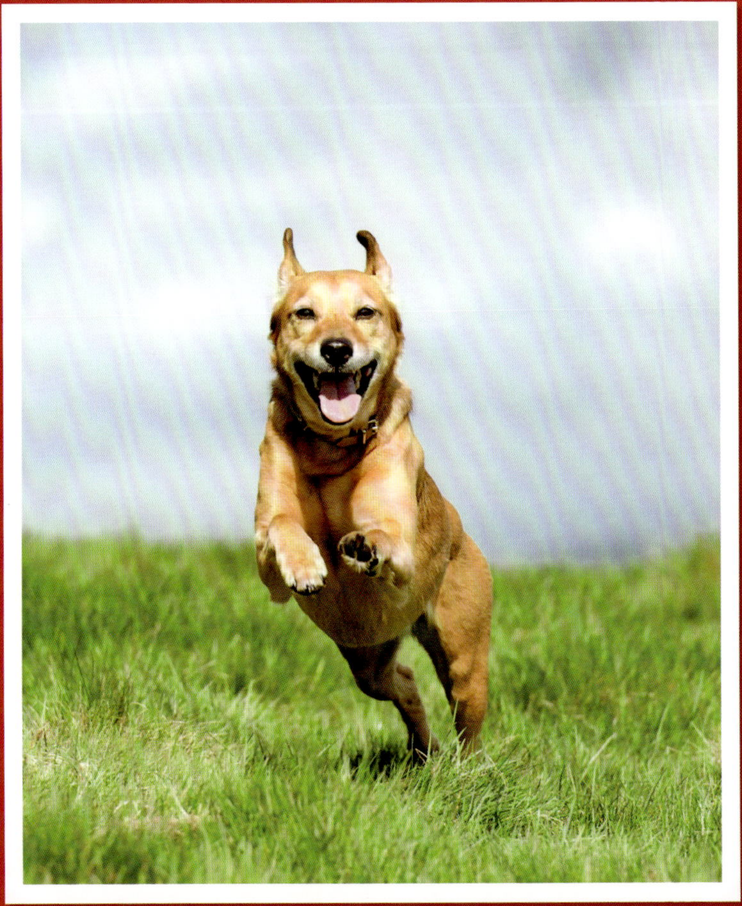

解放

我自由了!

我自由了!

我自由了!

我自由了!

我自由了!

我自由了!

我迷路了。

穿过公园

我穿过公园

我尽力飞奔

我一脚踩在鸟粪上

感觉比狗屎差远了

然后我找呀找呀四处找呀

我开始怀疑我的能力

我开始质疑我的心智

我开始想要尝尝鸟粪好不好吃

我甚至以为是松鼠把它拿走了

这就是我追了它们半个小时的原因

于是我一路穿过公园回来

气喘吁吁,怒气冲冲

结果发现只不过是你假装把球扔了出去!

领袖

战神是我们的领袖
战神是我们的国王
战神是我们的首领
我们全都唱着战神的赞歌
我们总是跟随战神的脚步
战神一路上教导着我们
引领我们来到一片不毛之地
某座废弃的工厂
这甚至算不上什么有趣的地方
只是一个制作皮带扣的作坊
现在
战神引发了我们的思考
我们真的需要某种选举机制
至少是一个审核与比较的系统

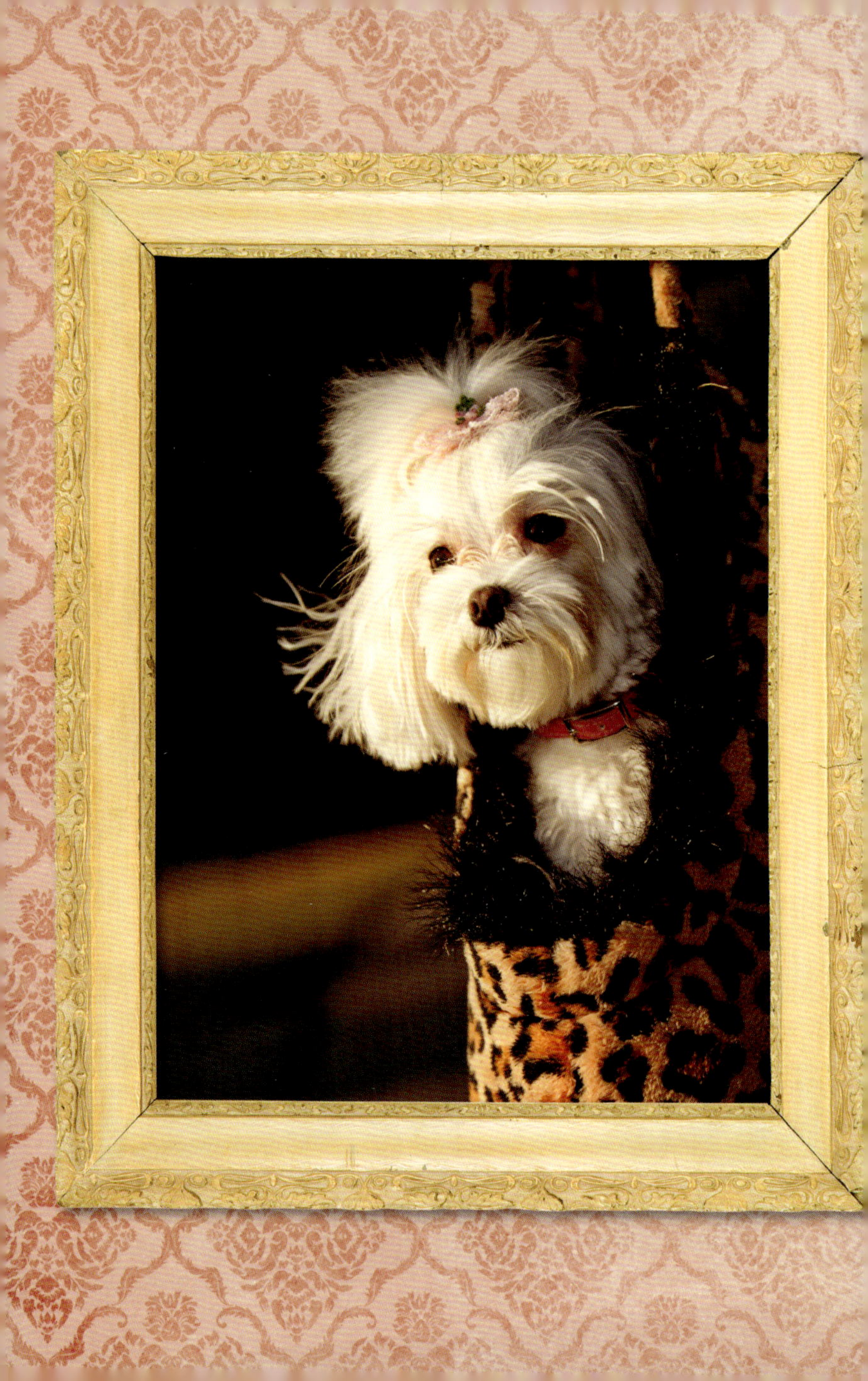

手提包里的狗

就因为

我被人装在手提包里

走来走去、高高在上

远离肮脏的地面

但这不意味着

我不像只宠物

不像只狗

不像只货真价实的犬科动物

这只不过意味着

我觉得我能飞

而且我还知道

口红和零钱是什么味道

你闻到了吗?

我闻到了空气的味道

我闻到了露水的味道

我闻到了岩石的味道

我闻到了你鞋子的味道

我闻到了叶子的味道

我闻到了鼻涕虫的味道

我闻到了泥土的味道

我吸入了一只甲虫

我闻到了青草的味道

我闻到了青草的味道

我闻到了每一丝每一毫

草叶的味道

我闻到了屁股的味道

哦嘿,那是卢!

我闻到了沮丧的味道

哦嘿,那是你!

我嗅着，我哼着，我闻着
鼻子分辨出来的每一种味道
可你却严厉地说
已经过去了两个小时
所以让我们闻一闻
接下来的一英尺距离还有什么味道

飞溅的水

我接到了!我接到了!我接到了!

我湿了

我接到了!我接到了!我接到了!

我全湿了

我接到了!我接到了!我接到了!

我湿透了

我接到了!我接到了!我接到了!

我求你了

请不要再在湖上打水漂儿了

因为我显然不知道

什么时候不该去追逐某些东西

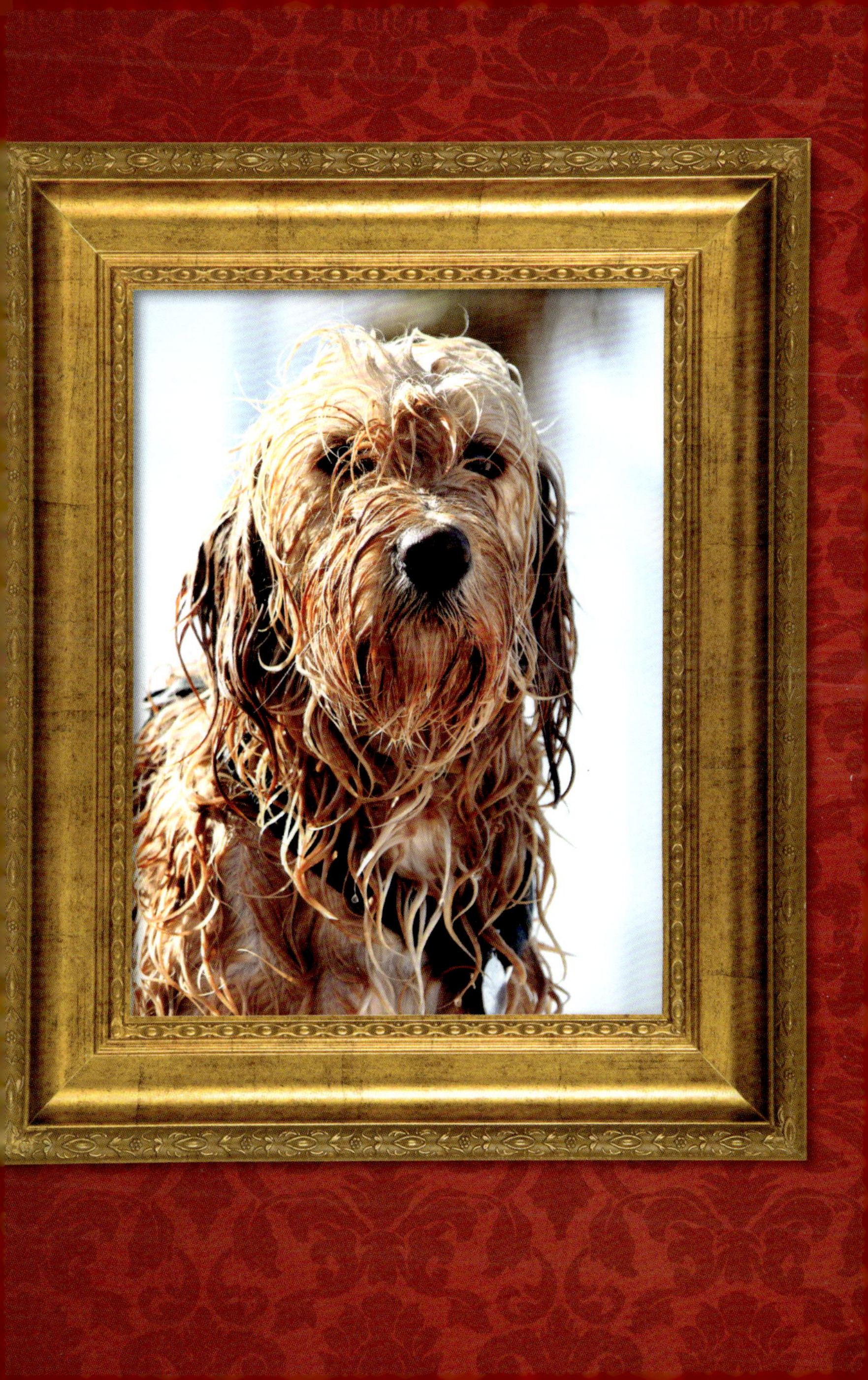

追车

我接近了

我提速了

我赶上了

我几乎跳上去了

没错!

我做到了!

现在我终于可以看到

保险杠贴纸上写着什么了

哦,显然

在2004年举行了一场总统大选

说真的,伙计,更新一下你的汽车贴纸吧

牧羊犬

你向左

你向右

你站在我旁边

完工

我成功地运用天性

把你所有的孩子都聚在了一起

按照魅力值让他们排好了队

哦,告诉比利我很抱歉

但我相信他的鼻梁会长出来的

商店门外

我不太喜欢

被拴在商店门外

我不太喜欢

看上去像是被人遗忘

我不太喜欢

必须和路过的狗狗闲聊

我不太喜欢

好像就快要下雨

而你似乎永远也不会回来

我能够一遍又一遍读到的

就是同一块停车标志

我不太喜欢

你把我拴在商店门外

所以在我们到家以前

我是不会上厕所的

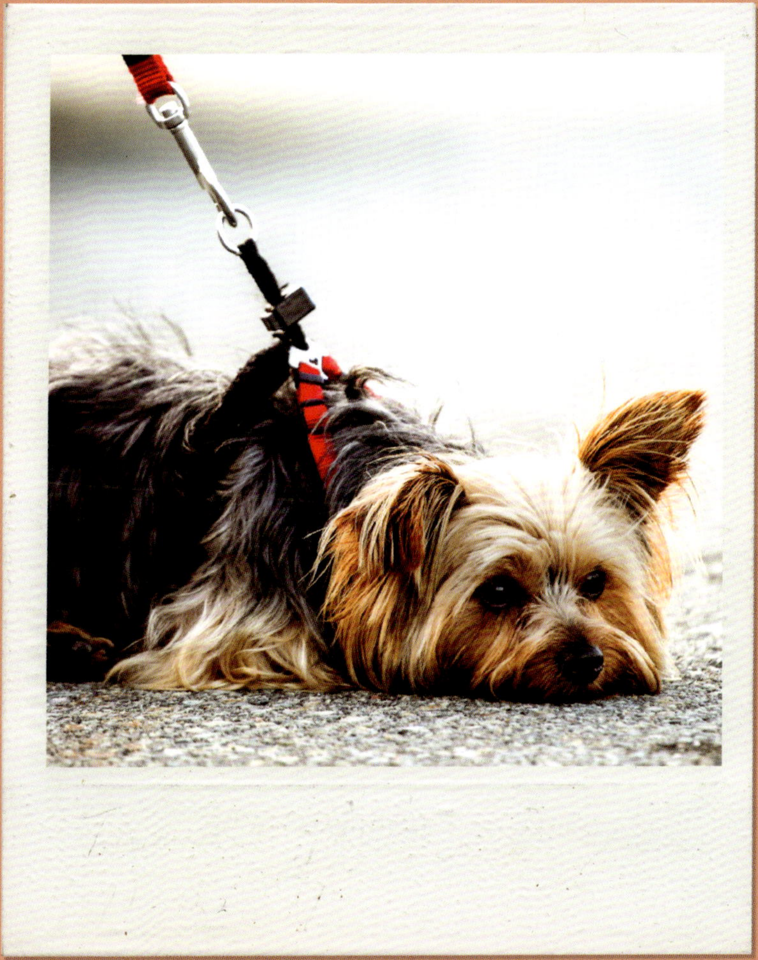

小小一只

你在看谁,哈?!

你在看谁?!

你觉得我会怕你吗,哈?!

你觉得我会怕你吗?!

你才没有那么大呢!

你才没有那么壮呢!

来吧,我向你挑战!

来吧,我要摧毁你!

这就对了,走开!

走啊,走开

哦,求你了,走开吧

哦,上帝,那只狗是个恶魔

哦,伙计,我需要放松

至少是来杯花草茶

另一只袋子

爱人
真挚、放肆的爱人
正在看着我
在人行道上的所作所为
然后把它捡起来
丢进一只袋子里
我只能想象
哦,你现在肯定
搜集了不少珍贵的纪念品

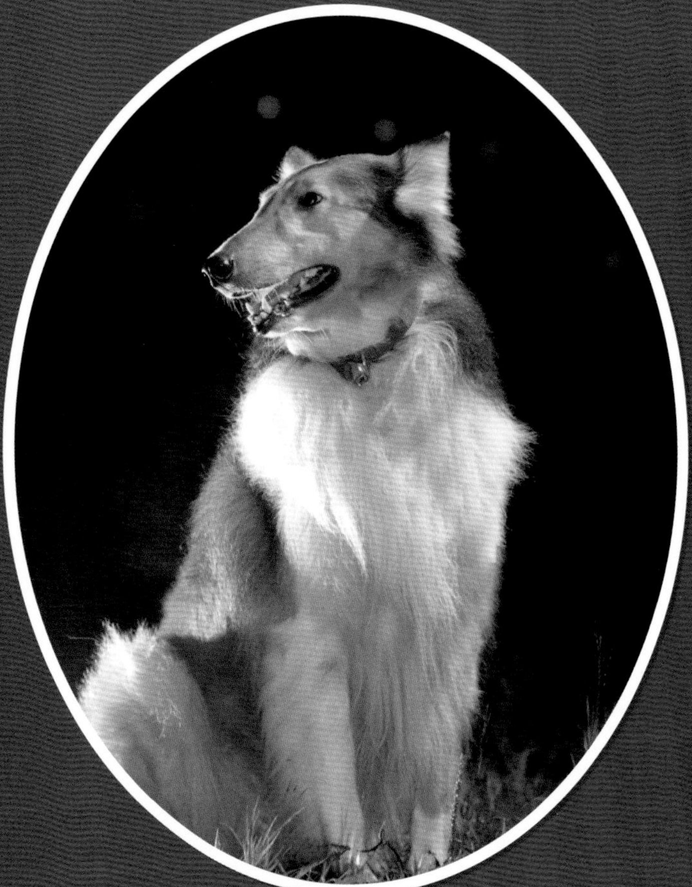

连锁反应

昨天深夜

我迈进院子

叫了起来

然后邻居家的狗也叫了起来

然后它隔壁的狗也叫了起来

就这样蔓延开来

一家一户

一街一巷

从一个城镇到另一个城镇

从一个州到另一个州

从一条海岸到另一条海岸

直到最后一只狗

算出我们总共叫了多少声

这就是我们选举总统的方式

ORTH DOGO
DRIVER'S LIC

FIFI PU
123 KI
DOGV

Date of
11-21-20

Breed
Terrier

Height
0-10

ISSUED

OG9876543210

旁边的另外一辆车

嘿!旁边的另外一辆车里有一只狗

灯旁边的那辆车里有一只狗

嘿,狗!

狗!

好了,狗,让我——

我只不过是试图——

请不要打断——

如果我能够插进一句——

算了,狗!这就是你想要的吗?!

你喜欢别人用嗓门来压过你?

哈?!哈?!哈?!哈?!哈?!哈?!

现在他走了

唉

这就是我从不交朋友的原因

山中之王

我是这里的冰山之王!
我是这萧瑟山川的统治者!
我是这冰封山巅的征服者!
我提起腿,宣誓我的王权
我发现冰块开始融化
我正好掉进这个巨大的雪堆里
如果你能过来把我挖出去
我非常非常愿意
回到我温暖干燥的家

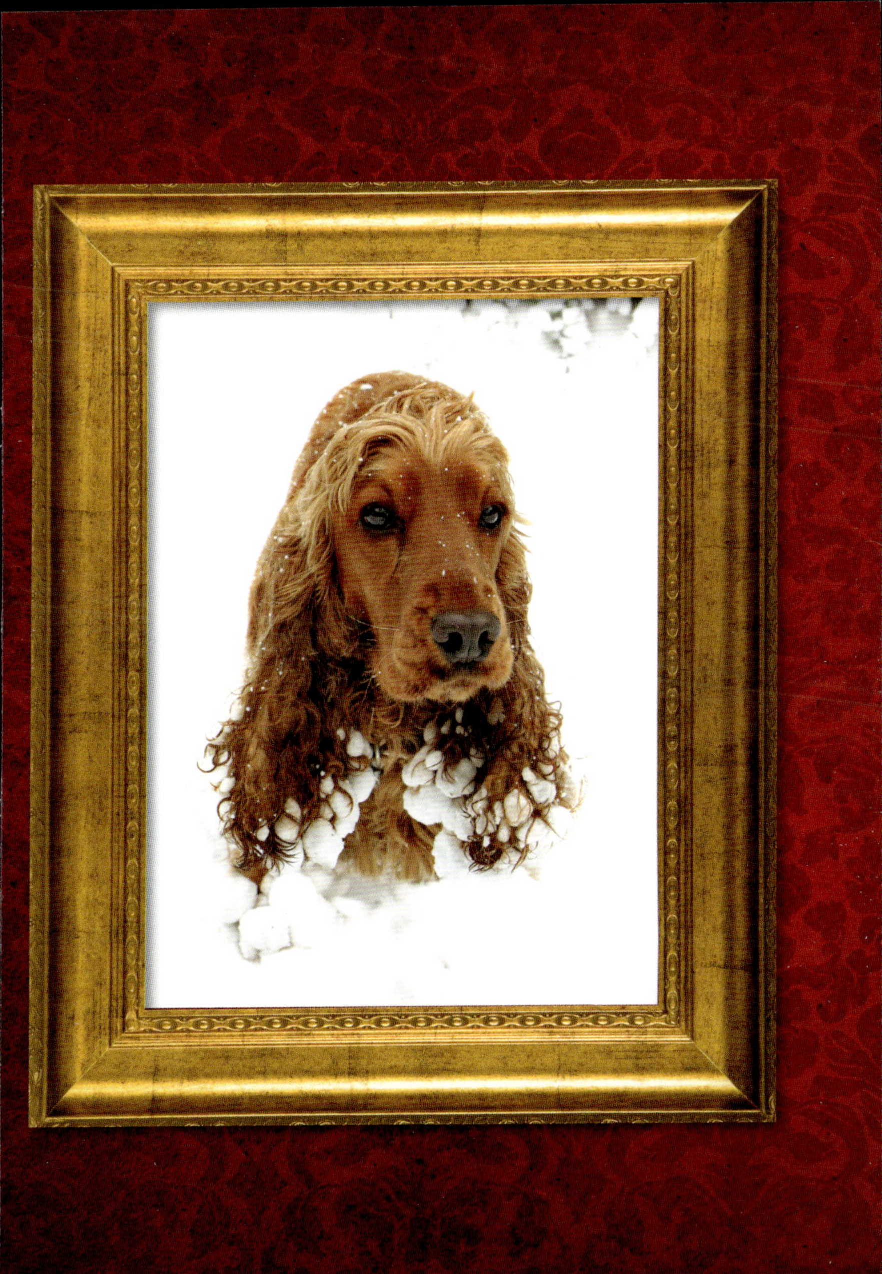

看我!

· · · · · · · · ·

"看我!"我叫道

在我绕着狗狗公园奔跑时

你满怀骄傲地指着我

"看我!"我叫道

在我和别的狗狗玩耍时

你快乐地朝我挥手

"看我!"我叫道

在我欢欣地摇动尾巴时

你朝我露出了灿烂的微笑

"看我!"我叫道

在我把鼻子拱到

另一只狗狗的屁股里时

我几乎可以

从它的嘴巴里向外望去

你却在痴迷地盯着自己的鞋子

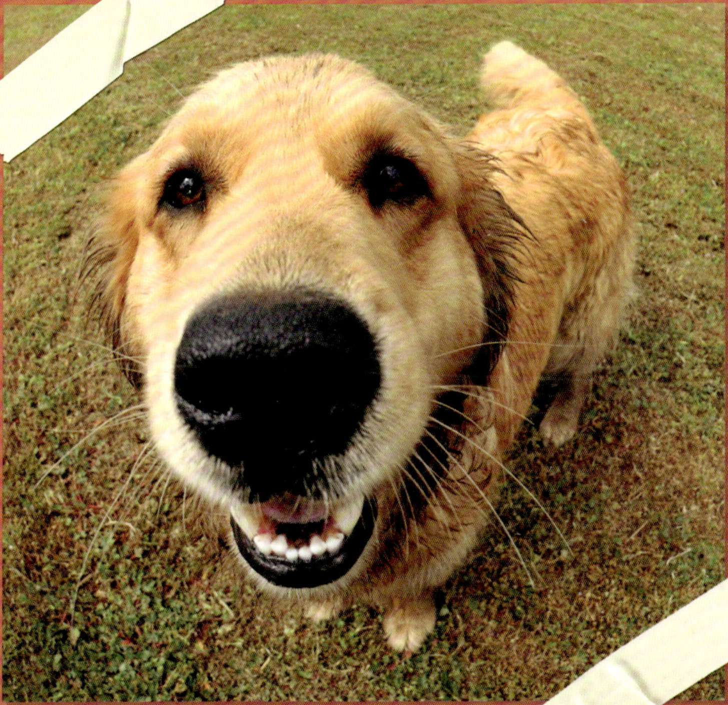

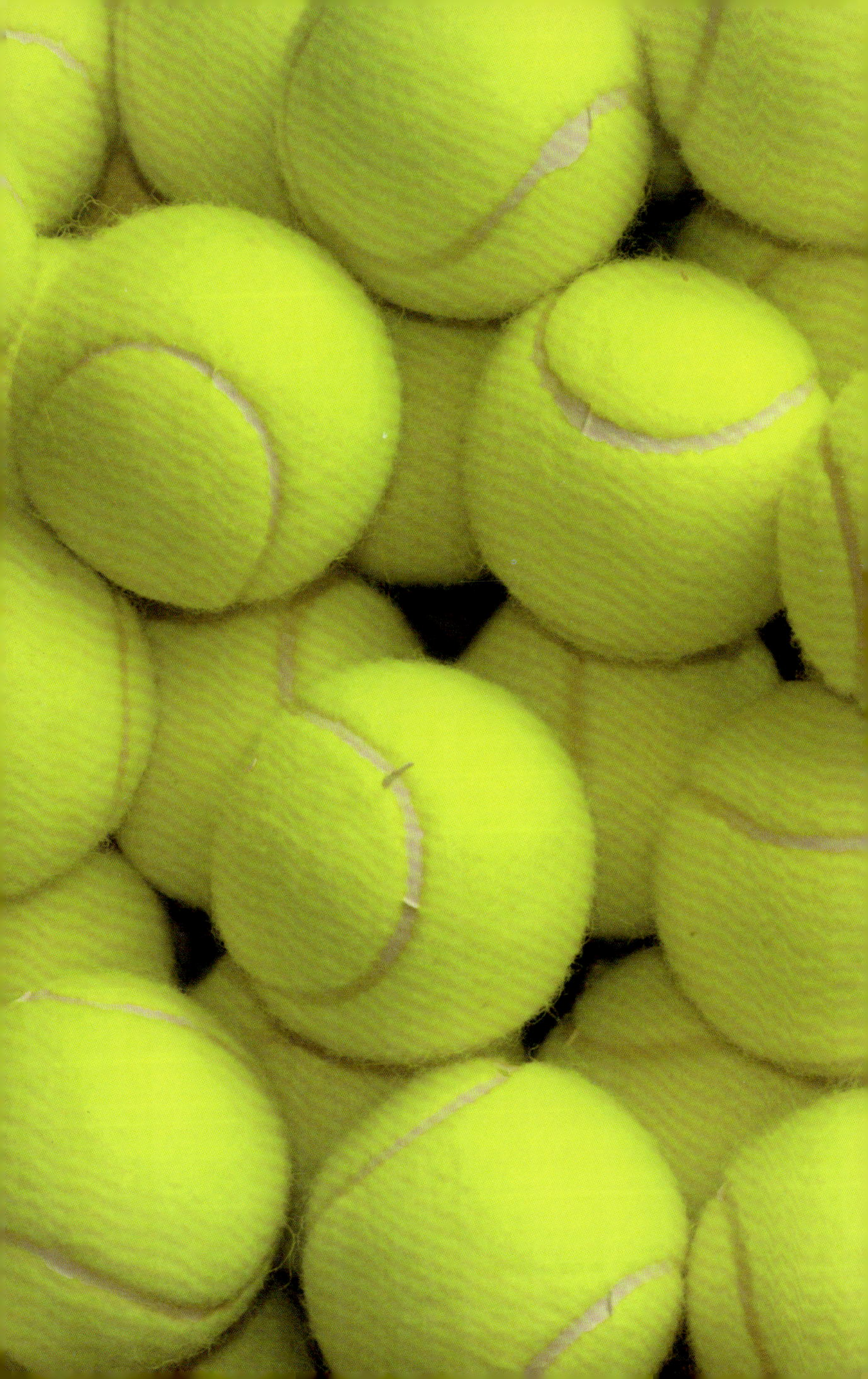

第三章

③

伴你左右

"人类需要很多的安慰
所以向他们展示你对他们的爱吧
在他们唱歌时
永远不要畏缩"
——《狗狗感言》

后援

　　我摇着我的尾巴
　　我歪着我的脑袋
　　我微微眨了眨眼
　　我闪过一丝微笑
　　我露出自己的肚皮
　　我轻轻舔舐着自己
　　我包办了一切
　　从坐下到说话
　　引来四面八方的女人
　　然后你插进话来
　　聊起了"同人小说"
　　我这才意识到
　　我们都得孤独终老

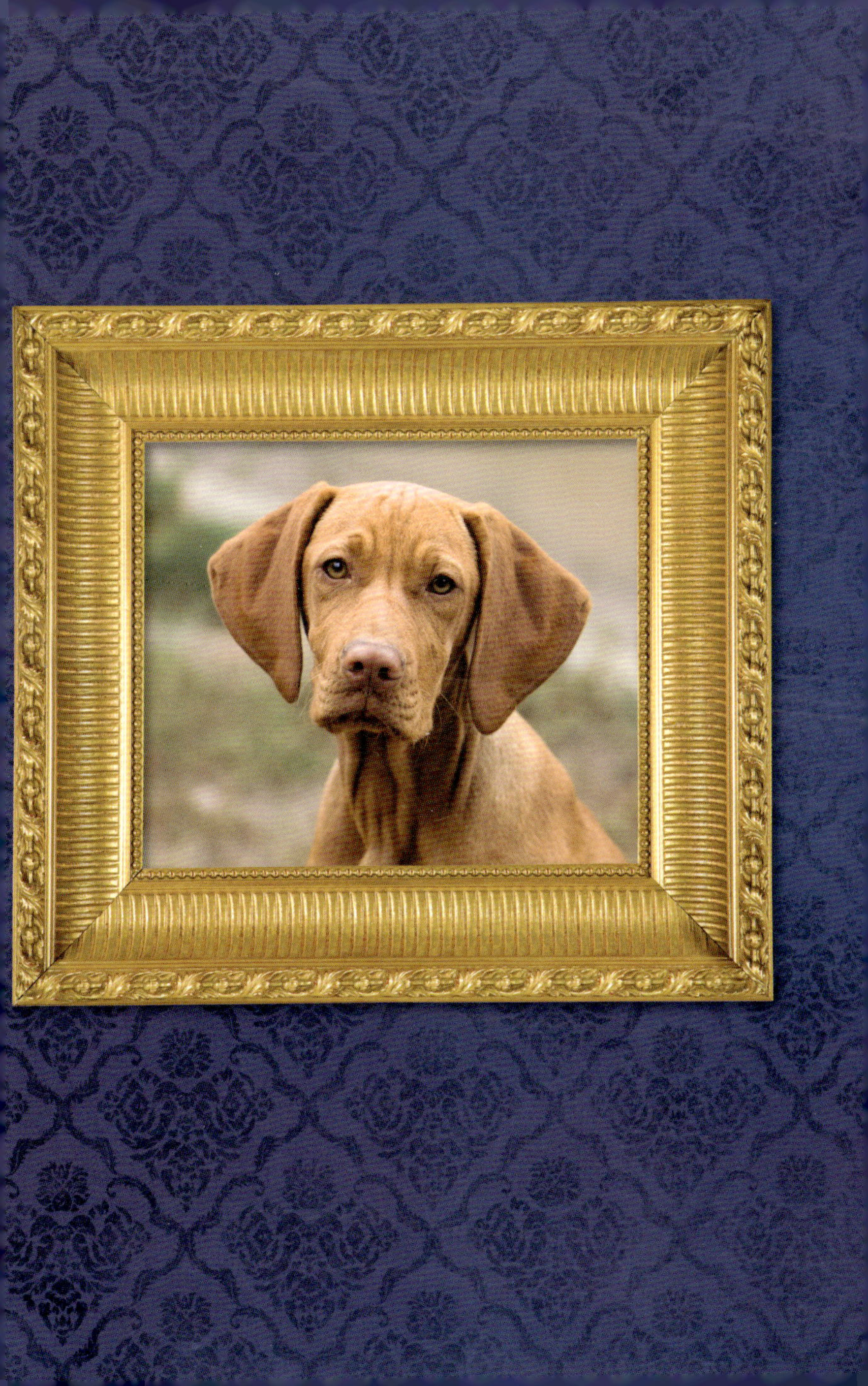

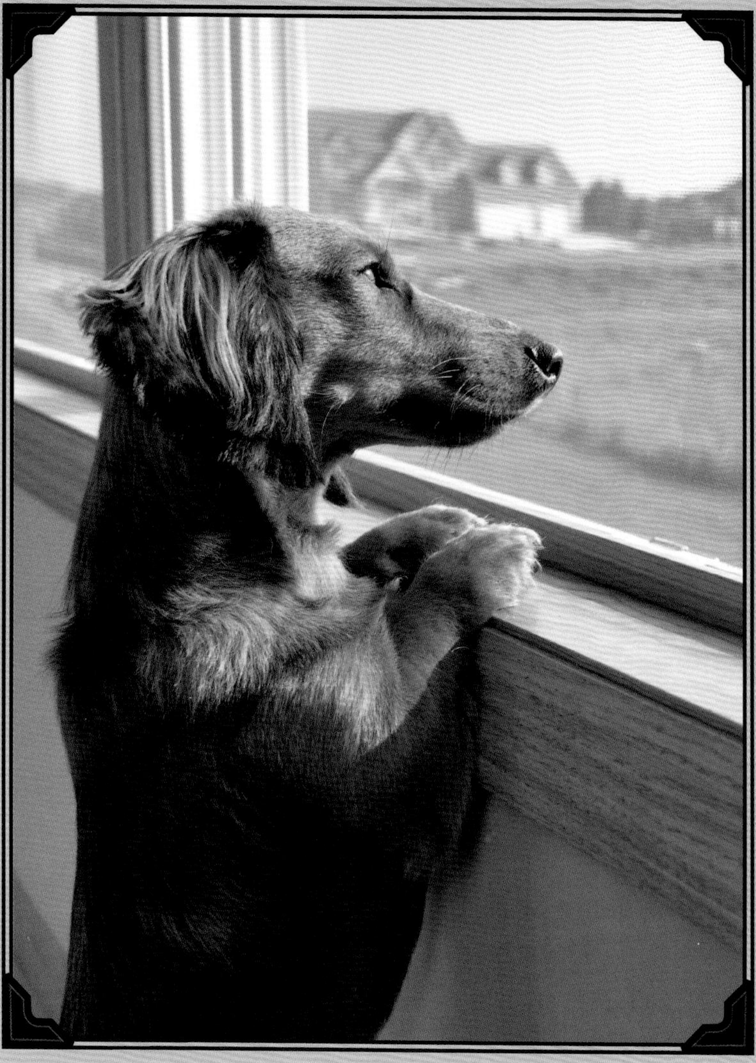

时间

你去了哪里？！

你一直在哪儿？！

你知道自己走了多久？！

三个小时！

或是十六分钟

或是六个月

问题在于

我一直在门口等你

整整十八年

而这十二秒钟里的每一秒

都能要了我的命

如果你迷路了
· · · · · · · · · · · · · · · ·

如果你迷路了,我会找到你
如果你受伤了,我会帮助你
如果你被困了,我会拯救你
如果你被外星人绑架了
我会用某种方法上传病毒
弄坏它们的飞船电脑系统
为了你,我可以游过最深的大海
为了你,我可以跳过最宽的峡谷
为了你,我可以穿越最广阔的国家
所以,既然你已经知道了
我乐意为你做的所有事情
你能否为我做点什么
给我起个比"摇摆小精灵"更勇武的名字

于是我们的眼神交织在了一起

于是我们的眼神交织在了一起

于是整个世界都停摆了

于是我意识到

哥们,我真的紧紧缠住了你的腿

哥们,我真的失去了控制

哥们,我显然停不下来

所以,相信我说的话

你我接下来在一起的二十分钟

将是我一生中最尴尬的时刻

莱西

怎么可能
只需要大叫几声
所有人都能理解
莱西在说
蒂米掉进井里去了
但你却无法理解我
无穷无尽的抱怨和啃咬
是在倾诉
我宁愿地球将我整个吞噬
也不愿意在众人面前穿着这件雨衣

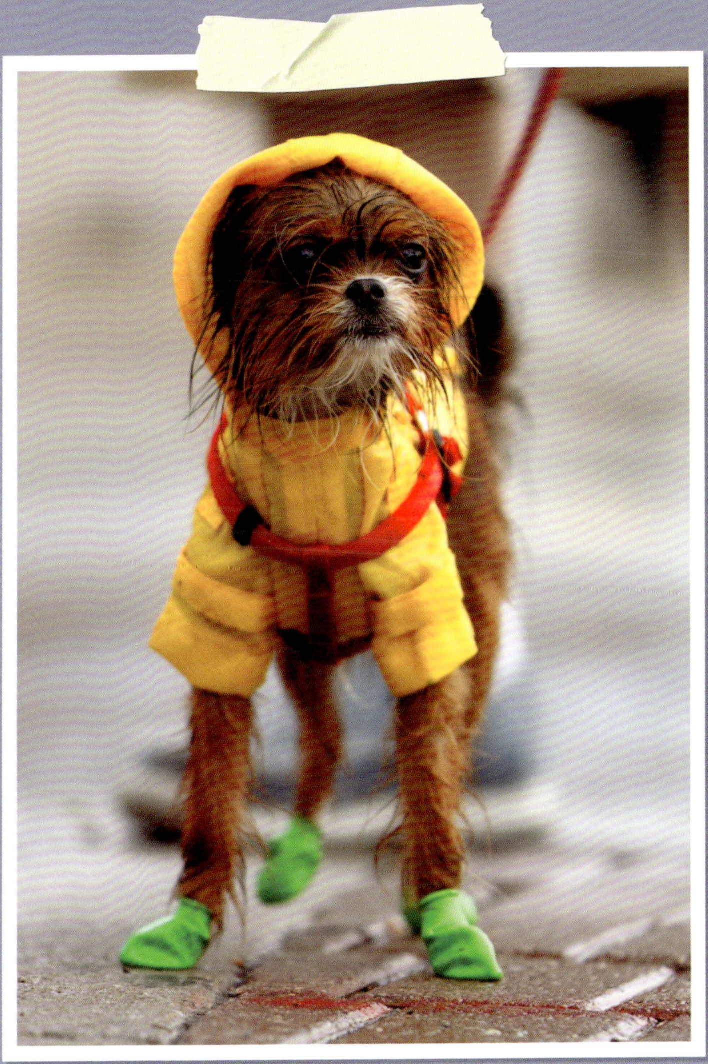

六种含义

呼唤我的名字

有六种含义

第一,你很高兴见到我

第二,你很害怕失去我

第三,你要命令我

第四,你要申斥我

第五,你要爱抚我

第六,你发现我在吃着其他狗狗的便便

想要制止我

尽管这最后一种含义

似乎包含了很多

尖叫和憎恶

永远学不会

为什么

为什么

为什么

我会以为

每一次你叫我上车

最终都会带我前往

可以挖洞、咬鞋

闻屁屁、舔球球的

游乐园

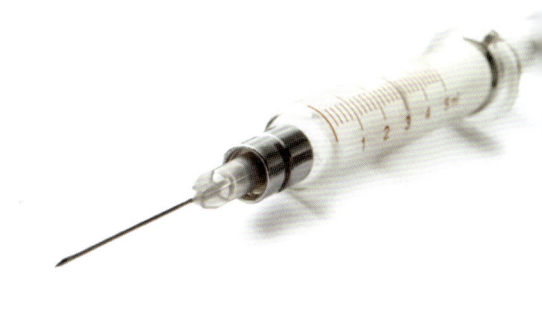

而不是去打针

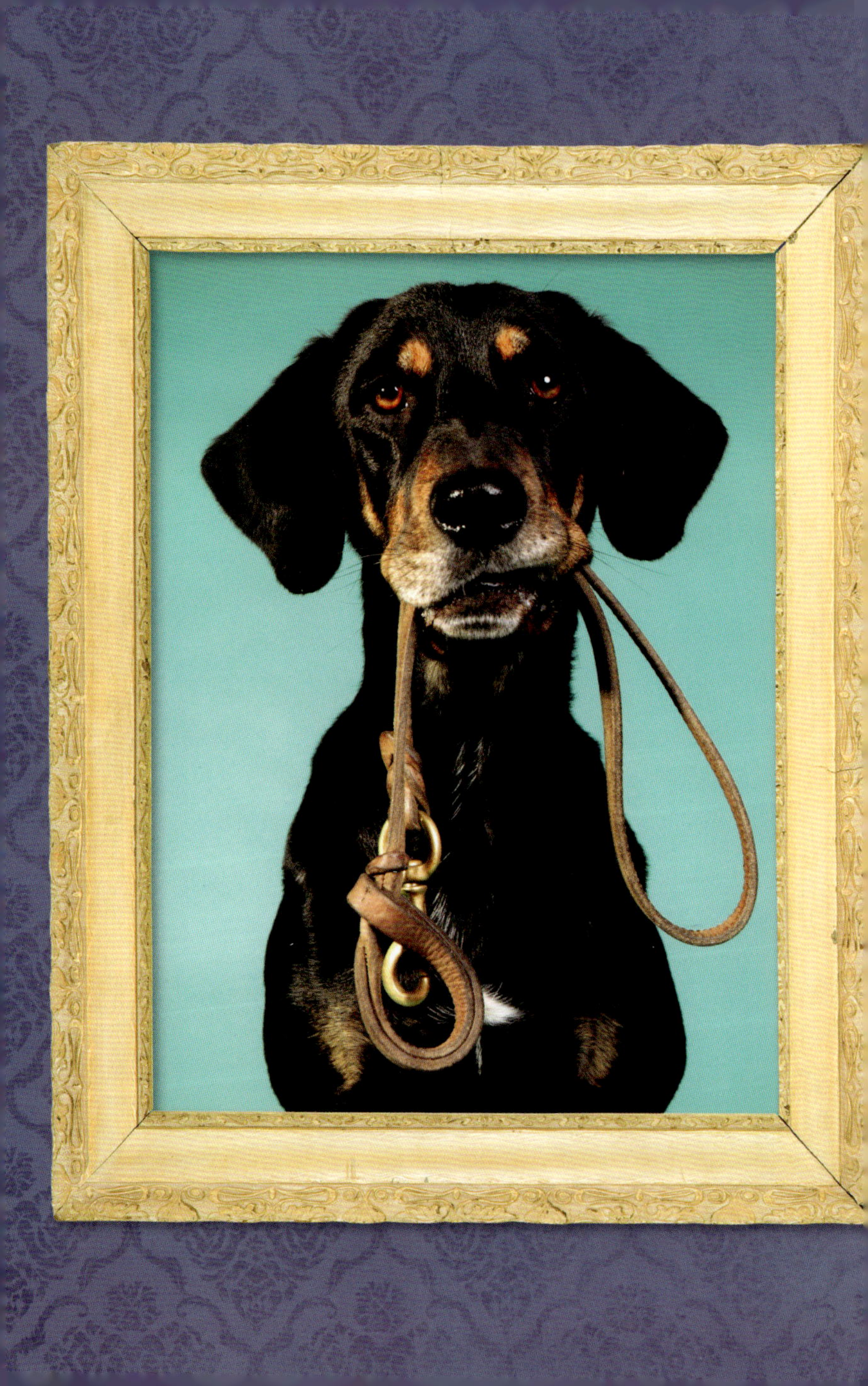

当我看到你

当我看到你朝厨房走去
就知道该吃晚饭了
当我看到你朝院子走去
就知道该玩耍了
当我看到你朝车子走去
就知道该兜风了
当我看到你打开电视
就知道该把头枕在你的大腿上了
当我看到你爬上床
就知道该出去遛弯了

亲吻

当你弯下腰来爱抚我时,我会舔你的脸
当你的手从椅子上垂下来时,我会舔你的手
当你挠我的下巴时,我会舔你的手掌
当你睡得正香时,我会舔你的双脚
舔你的鼻子
舔你的双腿
甚至舔你的眼睛
(在试图舔你的脸颊时)
我舔啊舔啊舔
一遍又一遍
因为我爱你
因为你有一天会不知不觉地跌入
一大缸墨西哥卷肉馅里
老实说,我可不想错过

From the doghouse of . . .

坐下

你想让我坐下?

你要让我坐下?

你需要我坐下?

你要求我坐下?

你提高嗓门是为了让我坐下?

你对我吼叫是为了让我坐下?

你乞求我坐下?

你恳求我坐下?

你说的那个词"坐下"

好像我知道它是什么意思似的

但我喜欢你的热情

所以我会为了我们两个

欢快地上蹿下跳

狗狗的气味

闻闻我的气味
来吧,闻闻我的气味
用力地在我嘴边
深吸一口
闻闻我的狗狗气味
你能不能猜出,那是什么味道?
你能不能告诉我,我吃了什么?
因为我在它逃走之前
飞快地把它咽了下去
老实说,我也好奇地想要知道

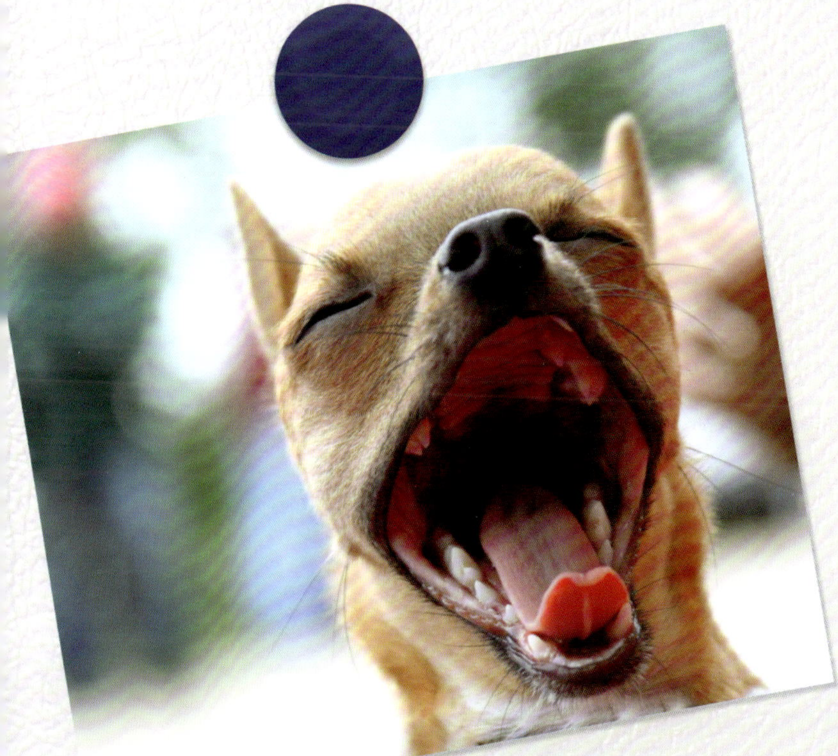

分手

我家的两个人已经不再共享一张床
所以如今一张床垫太大了
我家的两个人已经不再共享一个家
所以如今我找不到其中一人的味道了
我家的两个人已经不再共享一段人生
所以如今我根本见不到其中的一个
我家的两个人已经分手了
我忍不住好奇
这是否因为我做过的某些事情
或许是因为我弄脏了土耳其地毯?

玩赏犬

一只可供玩赏的狗狗

是任何想要真正靠近你的狗狗

所以,别再含混不清地尖叫

还有你开裂的骨盆

只要庆祝

这只斗牛獒爱你的事实就好

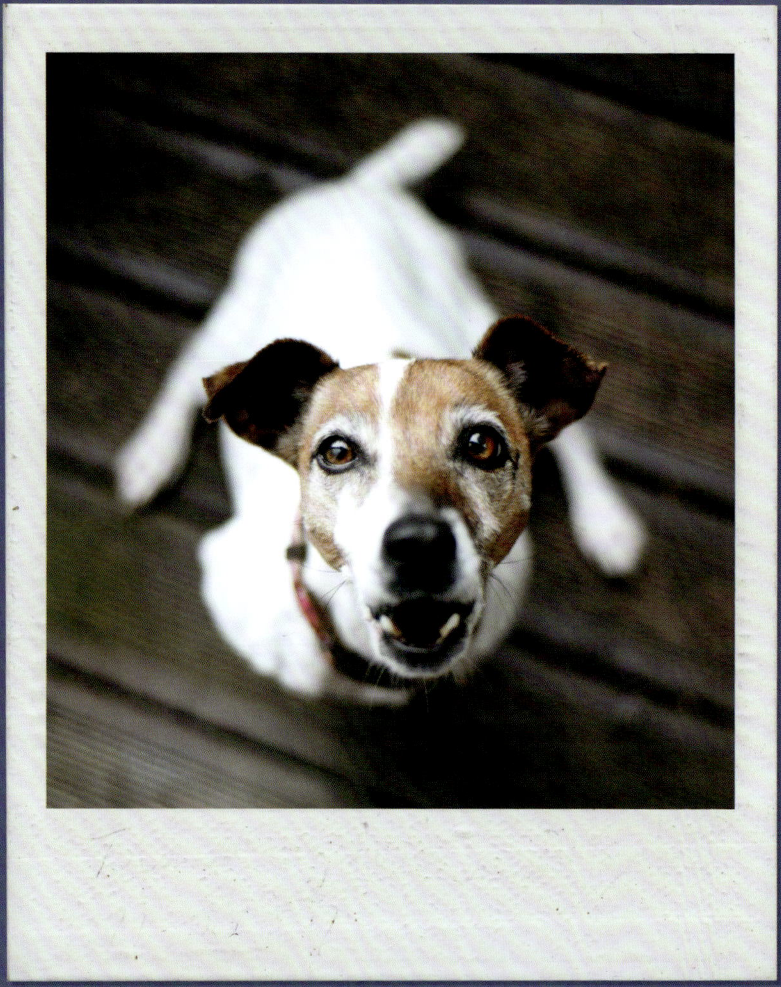

特殊的词

我们狗狗
有一个特殊的词
用来表达
看到自己最爱的人时
心中的快乐
那就是"汪汪"
不过你要小心
"汪汪"也意味着
742 000种其他的事情
一切都和语境有关

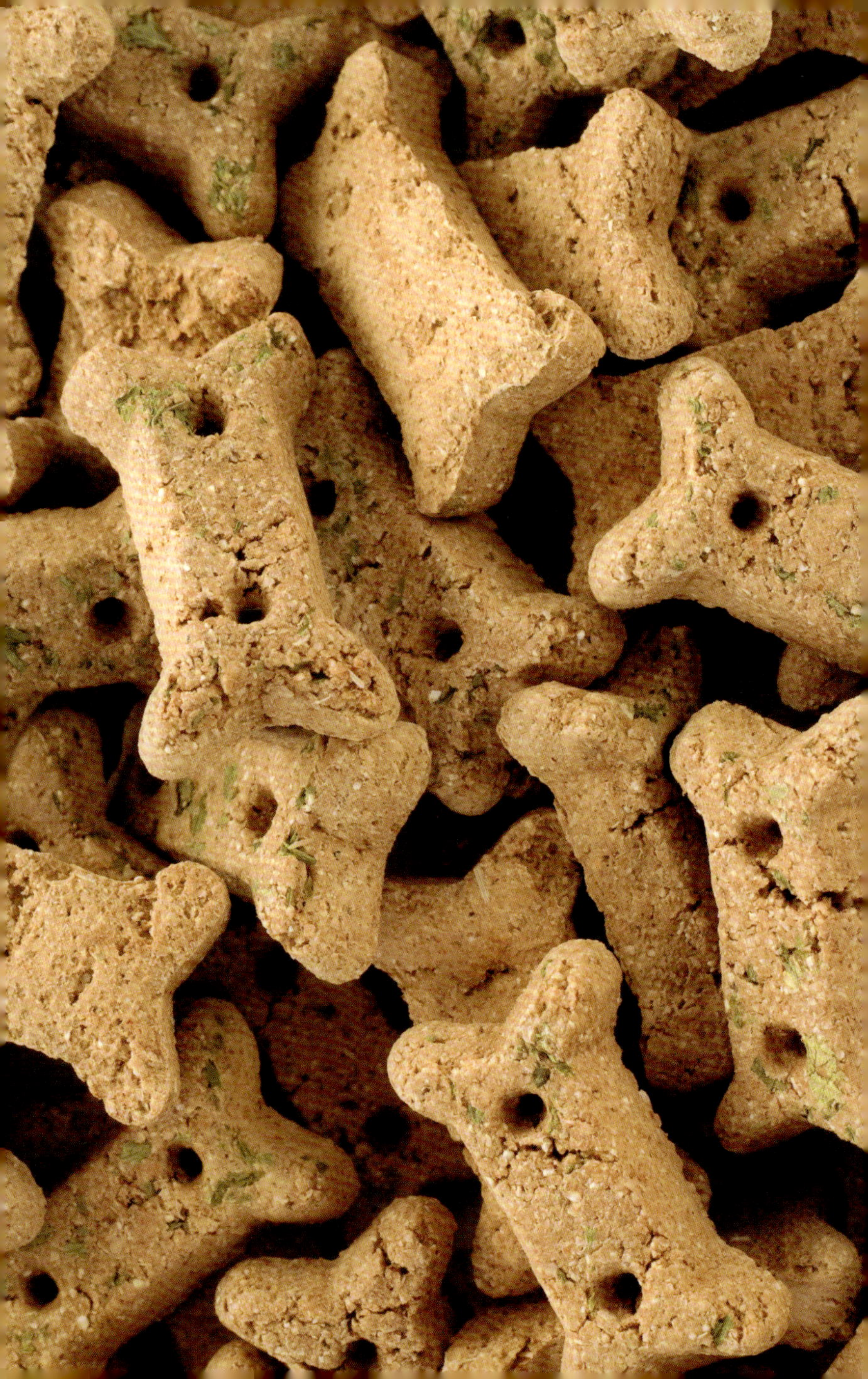

第四章

④

沉思

"作为一只狗,并不容易
特别是当你的主人
认为你戴帽子很好看时"
——《狗狗的沉思》

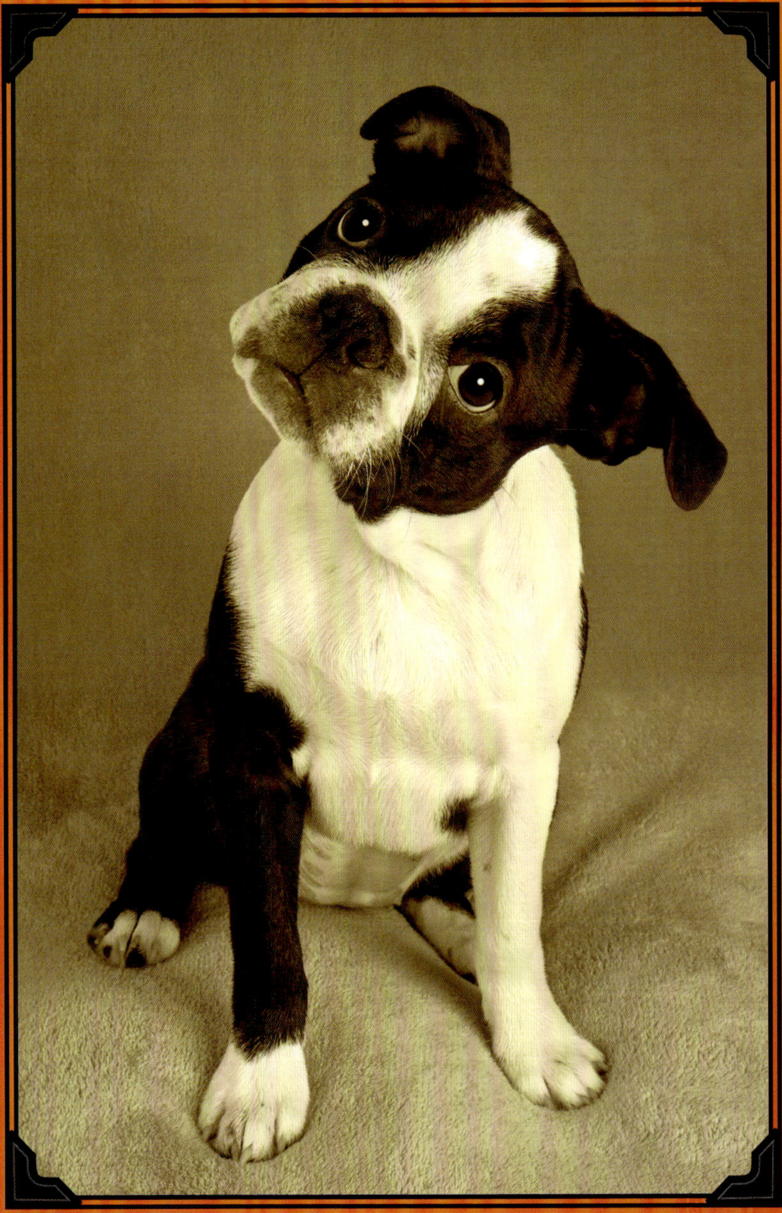

名字

给我起个强势的名字

给我起个有力的名字

给我起个高尚的名字

给我起个难忘的名字

给我起个

能够伴随我一生的名字

让我可以昂首挺胸

可你却开口问你三岁的女儿

"你为什么不给新来的小狗起个名字呢?"

完蛋了,我要哭出来了

脖套

感谢脖套

让我咬不到身上的缝线

感谢脖套

让我无法转过头去

感谢脖套

让我在走廊里分不清方向

感谢脖套

让我卡在了大门口

感谢脖套

让我错看了楼梯

感谢脖套

让我低头凑向食盆时

患上了幽闭恐惧症

感谢脖套

让我叫得能把自己震聋

感谢脖套

让我们的抛球游戏变成了投篮

感谢脖套

让我咬不到身上的缝线

但这些心理上的伤痕

却永远无法愈合

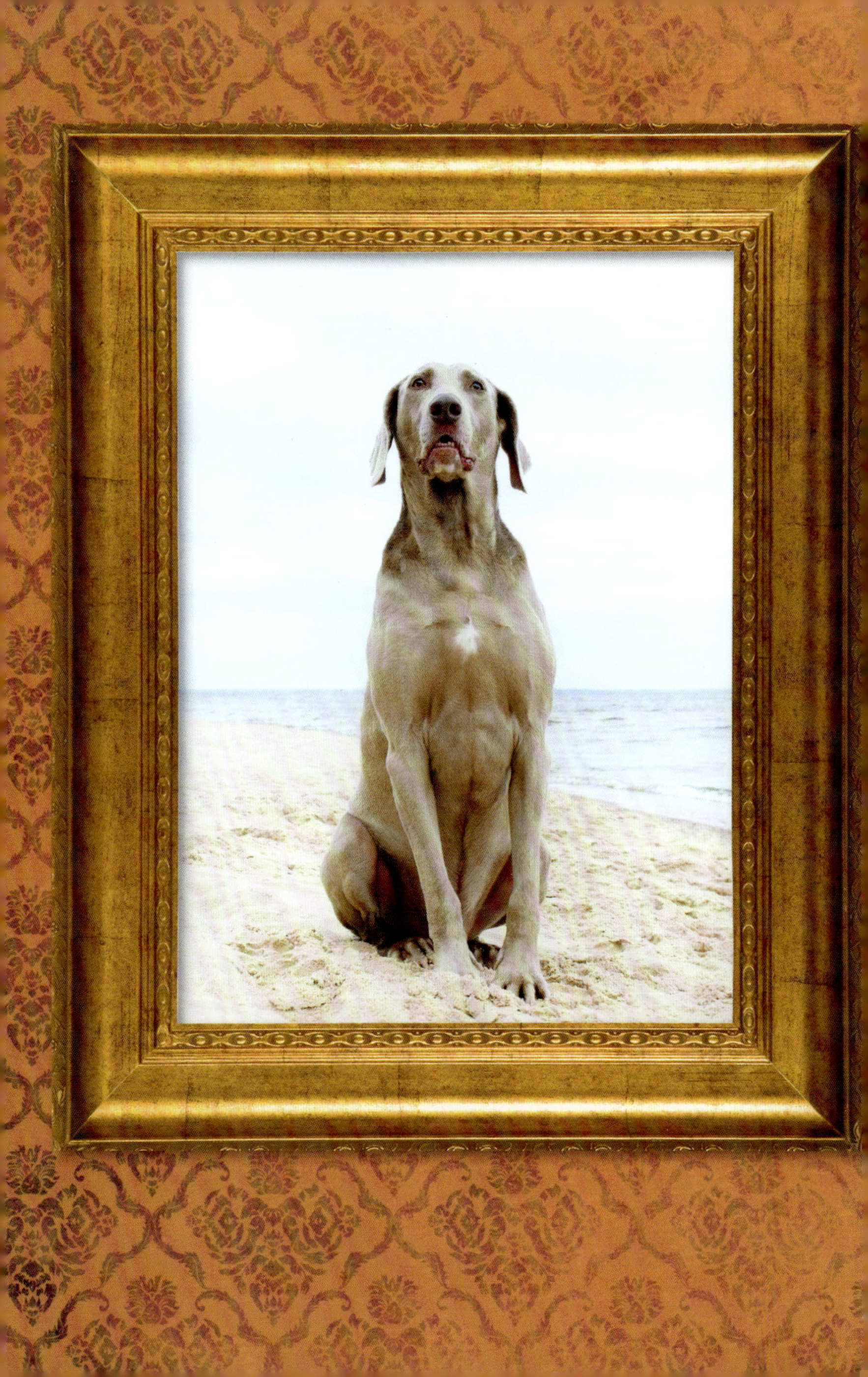

沉思

有时
当我在沙滩上奔跑时
暖风吹拂着我的脸
冷水浸泡着我的脚
灿烂的阳光照耀在我们所有人身上
我会停下片刻
眺望湛蓝的大海
心里想着
"在过去的八年之中
我吃的真的都是同样的晚餐吗?"

只是提醒你一句

每一次

人类

强迫一只狗

和另一只狗打架

距离上帝把世界交给蟑螂

都会更近一步

我咬

有时候，我害怕时会撕咬

有时候，我疼痛时会撕咬

有时候，我自卫时会撕咬

有时候，我被关时会撕咬

有时候，我撕咬是因为我不知道

怎样才是更好

有时候，我撕咬是因为已经过去了

四个小时

你还在念叨着昨晚的

《与星共舞》

有时候，一只狗也只能忍到这个份儿上了

万圣节

我不想为了万圣节

打扮成芭蕾舞女去赴约

好吧,我可以打扮成芭蕾舞女去赴约

只要你不给我照相

好吧,你可以照一张发到脸书上

只要我不必穿成这样出门

好吧,我可以穿成这样出门

只要我不必尴尬地走街串巷

好吧,我可以尴尬地走街串巷

只要我可以吃点你的巧克力

你说狗狗不能吃巧克力是什么意思?

好吧,那我就吃包装纸好了

只要我能吐在你的包里

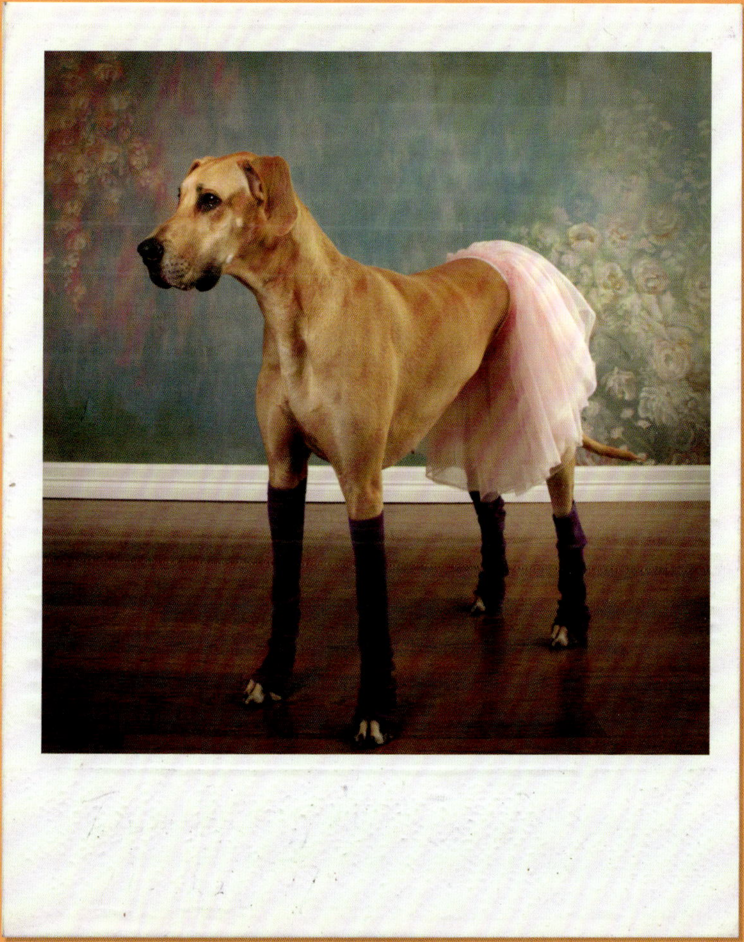

最美好的一天

今天是最美好的一天
今天是最伟大的一天
今天是有史以来
最神奇
最不可思议
完全令人难以置信的一天
因为今天是星期六
等等,是星期二?
好吧,那也不错

NDAY	TUESDAY	WEDNESDAY
		3
		10
15	16	17

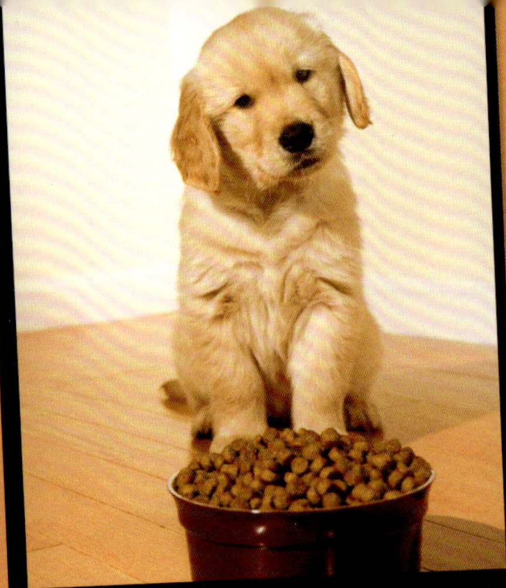

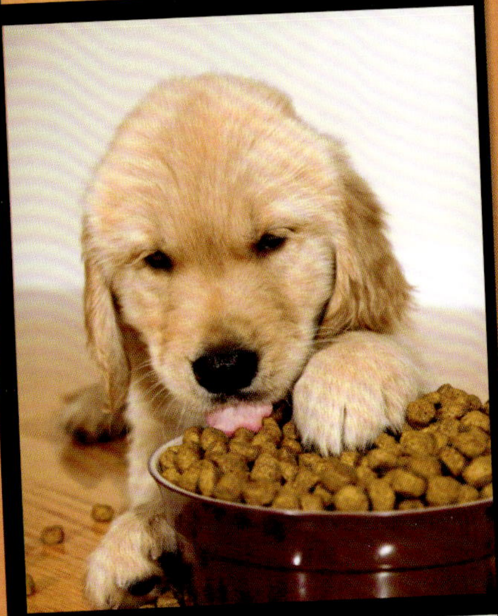

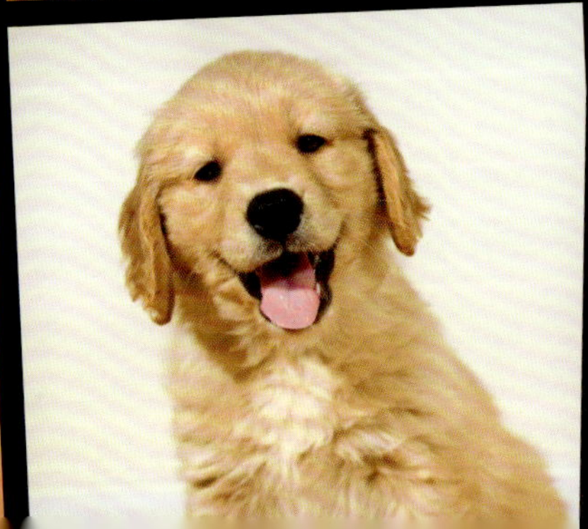

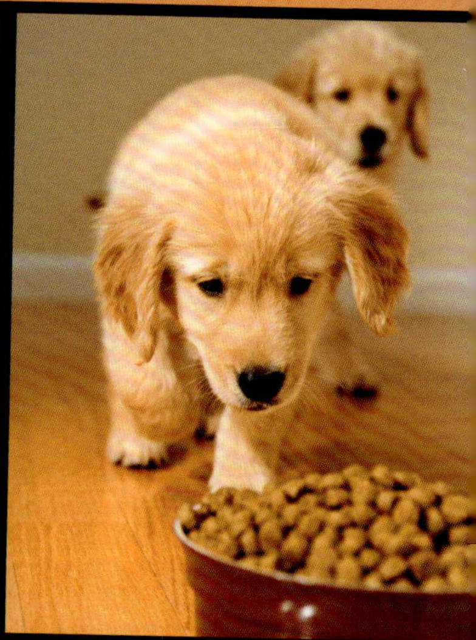

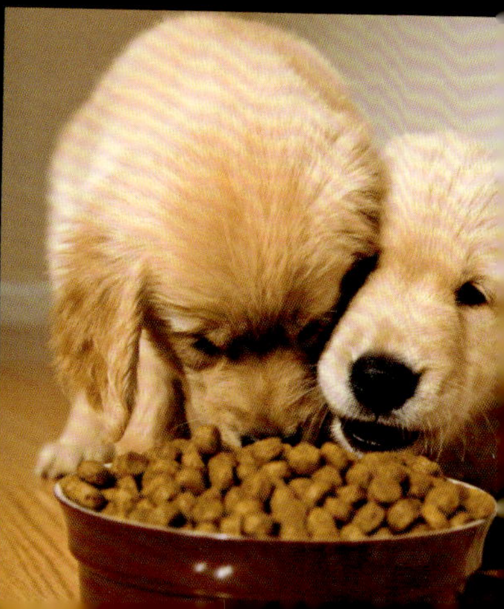

食物

食物
食物 食物 食物
食物 食物 食物 食物
食物 食物
食物

谁说一只狗
写不出一首爱的十四行诗?

你好

我很抱歉,他喘不上气
我很抱歉,他一脸痛苦
我很抱歉,他被置于死地
在地板上啜泣
但你知道,如果我可以
我肯定会在全速冲向门口
迎接你的约会对象时
大喊着"胯下!"来提醒他

约会之夜

每一次我看着

《小姐与流氓》

都会心想

"她吃了你的一部分意面!"

"快点!全都吃完!现在就全都吃完!!!"

"咆哮!露出你的牙齿!做点什么!"

"哦,别把肉丸给她!

那里面有肉!"

"笨蛋!"

不过话说回来

我本来就不是浪漫的类型

玩耍

我们不是在打闹
我们是在玩耍
我们不是在吵架
我们是在玩耍
我们不是在撕咬
我们是在……嗷！！！
真的吗，米茨？大腿？
哦，够了。该回家了！

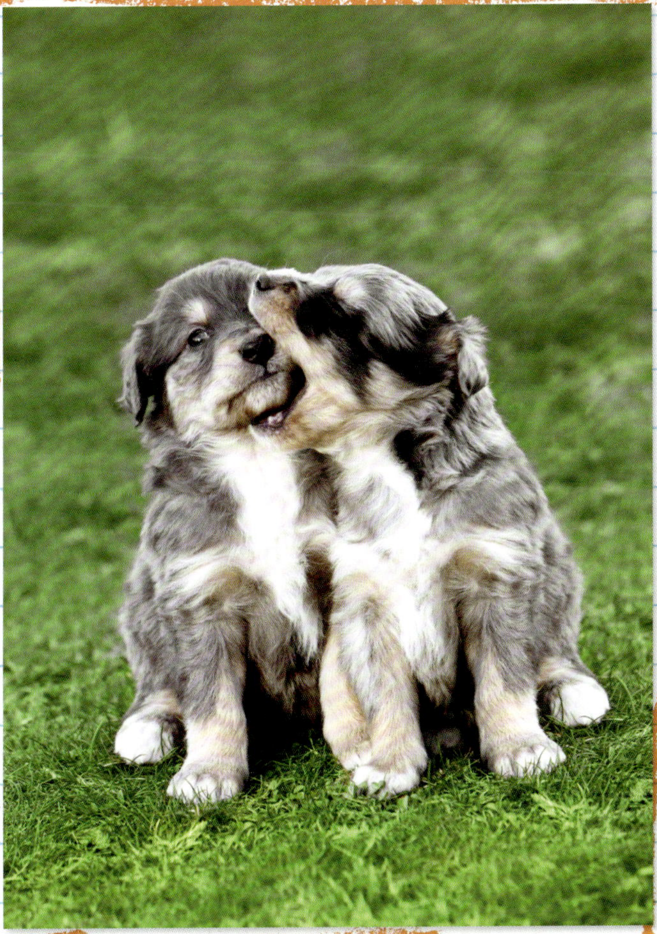

新差事

我觉得鸟儿

应该自由地高飞

我觉得兔子

应该蹦跳而不是飞驰

我觉得鸭子

应该安稳地游动

我觉得狐狸

应该不怕猎狗

我觉得作为一只猎狗

我应该找份新差事

所以我在你的收据里翻找了一通

觉得明年应该由我来做纳税申报了

追兔子

它们来了
在终点前的转弯处
这是它们的最后一圈
眼看就要冲过终点了
五号第一个冲线
五号的主人把他的奖金
都花在了妓女和施利茨酒上
这就是为什么
从没有关于猎狗逐兔赛的
励志电影

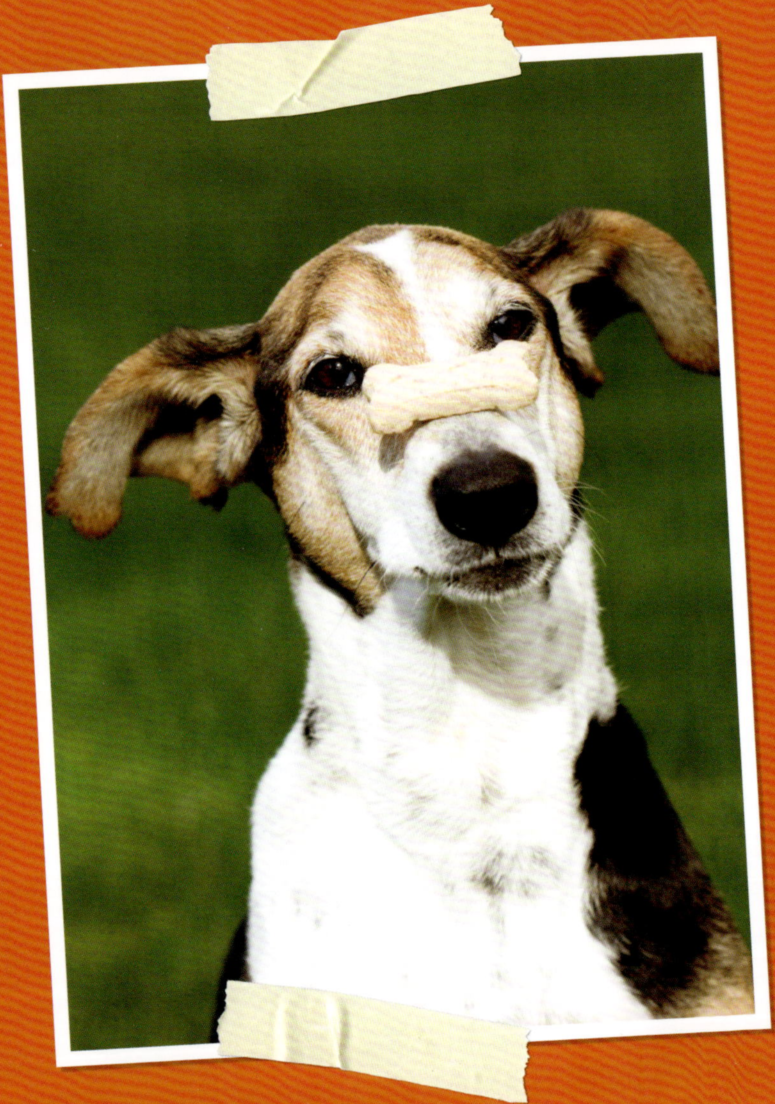

奖励

你想让我

把这个

零食

顶在

我的

鼻子上

多长时间

才能让我

一口吞下

哦,我的错

我猜我们得第十二次尝试这个把戏了

我可以嚼这个

吱吱?

吱吱?

吱吱?

吱吱?

我一口咬下这个玩具时

它为什么不会"吱吱"叫?

也许是因为——鉴于你刚刚尖叫了起来——

我其实咬到了你最爱的鞋子

或许是因为

我其实需要再多往嘴里放一点儿

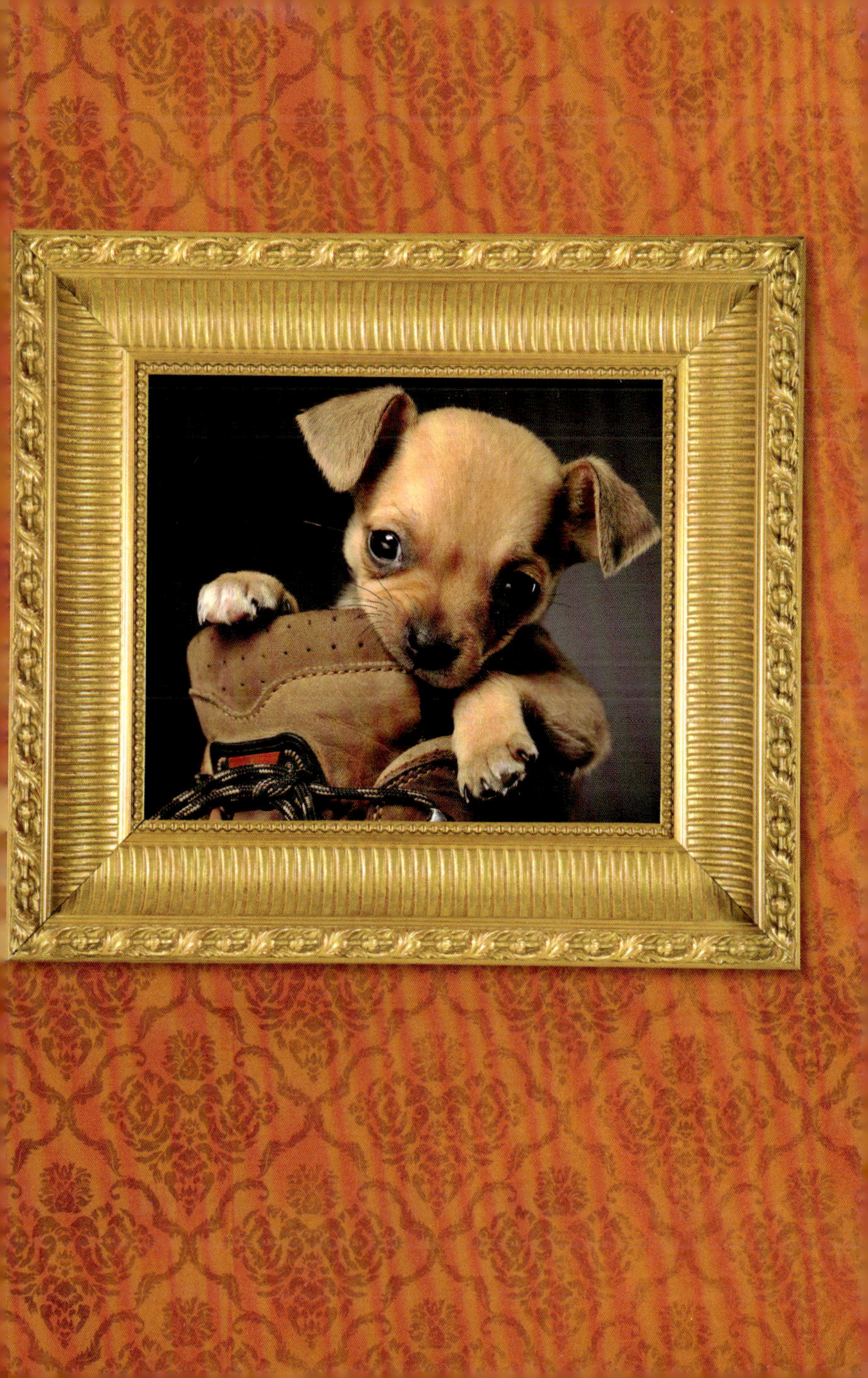

致 谢

非常感谢我的编辑埃米莉·海恩斯和我的经纪人斯科特·门德尔,以及编年史出版社的埃米莉·迪宾、贝卡·博、阿普里尔·惠特尼、阿尔比·达尔博顿、考特尼·德鲁等所有人。一句大大的"非常感谢"还要送给妈妈、爸爸、马塞洛、金、我的家人和我的朋友给予我的令人难以置信的热爱与鼓励,还有所有人在我的第一本书上给予我的支持。当然,还要衷心地对我生命中的三只狗说上一句"谢谢你们,我想你们":大丹犬"水花"、比格犬"史努比"(是的,史努比)和我们全家深深怀念的"潘达"。

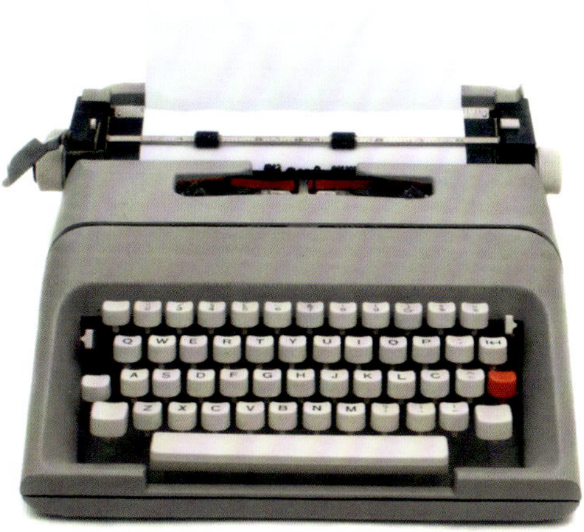